KB075346

오층탑

판본
日本近代文學大系 第6卷
『幸田露伴集』
岡保生 注釋「五重塔」
角川書店
1974年 6月 30日 發刊

오층탑

五重塔

고다 로한 지음
이상경 옮김

연암서가

옮긴이 이상경

일본 릿쇼대학과 대학원에서 학사와 석사과정을 마치고, 다이쇼대학원에서 박사과정을 마친 후 「『源氏物語』の人物造形」으로 문학박사 학위를 받았다. 덕성여자대학교 인문대 학장을 역임했고, 현재 일어일문학과 교수로 재직 중이다.
저·역서로는 『源氏物語の人物世界』(제이앤씨), 『겐지모노가타리의 사랑과 자연』(제이앤씨), 『종교를 알아야 일본을 안다: 일본 종교의 100가지 상식』(철학과현실사), 『키재기』(생각의 나무) 등이 있으며, 연구 논문으로는 「『源氏物語』 研究」, 「『伊勢物語』 研究」, 「『落窪物語』 研究」, 幸田露伴의 「『五重塔』 研究」, 「『連環記』 研究」 외 다수가 있다.

오층탑

2020년 9월 15일 초판 1쇄 인쇄
2020년 9월 20일 초판 1쇄 발행

지은이 | 고다 로한
옮긴이 | 이상경
펴낸이 | 권오상
펴낸곳 | 연암서가

등록 | 2007년 10월 8일(제396-2007-00107호)
주소 | 경기도 고양시 일산서구 호수로 896, 402-1101
전화 | 031-907-3010
팩스 | 031-912-3012
이메일 | yeonamseoga@naver.com

ISBN 979-11-6087-068-8 03830
값 12,000원

역자의 말

바야흐로 AI, IoT, 로봇 기술, 무인 자동화, 가상 현실 등, 과학 기술이 이끄는 새로운 희망의 시대로 접어들고 있다. 인간의 무궁무진한 능력을 뽐내듯이 기술은 하루가 다르게 발전한다. 인간의 두뇌는 인간 이상의 노동력과 지능을 발휘하는 기계를 끝없이 만들어낸다. 우리는 너무나도 쉽게 시대에 동조한다. 실로 편리한 세상이 되었고, 미래에는 훨씬 더 편리해질 것이란 장밋빛 기대에 부푼다. 그러나 우리가 잊어버리고 있는 것은 없을까. 잃어서는 안 되는 것은 없을까.

고다 로한(幸田露伴)이 그의 대표작인 『오층탑(五重塔)』을 발표한 1892년은, 서구의 영향을 받는 근대화의 물결 속에서 쓰보우치 쇼요(坪内逍遥)의 『소설신수(小説神髄)』(1885)를 시작으로 한 사실주의 문학과 모리 오가이(森鷗外)의 독일 유학 경험을 소재로 한 『마이히메(舞姫)』(1890)의 발표를 통해 개방적인 자유를 추구하는 낭만주의 문학이 무르익고 있었다. 시대 상황의 반영이었다. 그러나 로한은 서구화로 향하는 그 길목에서 잊어서는 안 되는 것에 주목한다. 일본 사회에 녹아 있는 예술적 장인 정신과 서로의 우수함을 인정하고 화합으로 마무리하며 동반자로서의 서로를 끌어안는 가치관. 그러한 인간미 넘치는 삶의 모습을 로한은 이상적인 형태로 지키고 싶다고 간절히 염원한다.

현대 문학에서는 고다 로한을 의고전주의(擬古典主義: 옛것, 즉 고대의 전형(典型)을 숭배하여 모방하는 예술 경향) 작가라고 정리하지만, 당시의 그는 오자키 고요(尾崎紅葉)와 함께 '고로(紅露) 시대'를 이끌며 근대 문학의 발전 방향을 정했다고 평가받았으며, 쓰보우치 쇼요·모리 오가이와 함께 '고로쇼오(紅露逍鷗)시대'라고 일컬어지기도 할 정도로 후학들에게 큰 영향을 미친 존경받는 작가며 연구자였다. 그는 『키재기(たけくらべ)』를 발표한 히구치 이치요(樋口一葉)를 모리 오가이와 함

께 높이 평가하여 이치요가 세상의 주목을 받게도 하고, 자신이 1919년에 발표한 역사 소설 『운명(運命)』은 특히 다니자키 준이치로(谷崎潤一郎)의 절찬을 받기도 했으며, 1937년에는 제1회 문화훈장을 받아 예술원 회원이 되기도 하였다. 로한은 중국 고전 소설과 도교 연구에 몰두하는 한편, 역사 소설 집필을 비롯한 고전 해석에도 정성을 기울여 27년간에 걸쳐 『바쇼 칠부집(芭蕉七部集)』(1947)의 해석을 완성하는 등 만 79세로 세상을 떠날 때까지 현대인들이 잊어서는 안 될 정신과 가치관을 지키기 위해 왕성한 활동을 이어갔다.

고다 로한과 우리 사이에 놓인 시대의 격절은 백수십 년으로 아득하지만, 그 상황 속에서 지켜내야 할 가치는 마치 그가 말한 '연환'의 인연처럼 이어져 있다. 예술적 장인 정신에 대한 주목, 사람에 대한 인정과 화합에 대한 긍정, 이런 가치관은 시대의 변화와 무관하게 항구적이다. 비록 그 구체적인 대상이 반도체나 배터리 등 다양한 형태로 변모할지라도.

그래서 우리는 끊임없이 물어봐야 한다. 발전하고 변화하는 시대의 흐름 속에서 우리가 잊어서는 안 될 정신이 있는가, 가치관은 있는가, 고다 로한의 『오층탑』은 이러한 물음에 대한 확고한 대답의 한 상징으로서 지금도 우리 앞에 우뚝 서 있다.

1998년 국내에 처음 소개된 이 작품이 오랫동안 절판되었다가 연암서가의 도움으로 로한의 다른 작품들, 『환담·관화담』과 함께 다시 독자들을 만나게 되어 반갑기 그지없다. 기획해 준 연암서가의 권오상 대표님께 감사드린다.

2020년 여름

이상경

차례

일러두기

- 저자의 원주는 그대로, 원주에 역자가 첨가한 주에는 *표를, 역자가 붙인 주에는 **표를 달았다.
- 『오층탑(五重塔)』은 1892년(明治 24) 11월 7일부터 다음해 3월 18일까지 신문 『곳카이(國會)』에 연재되다가 31회로 중단되었다. 그 후 1893년 4월 12일부터 19일까지 「오층탑 여의(五重塔余意)」라는 제목으로 속고가 같은 『곳카이』에 게재되며 완성되었다. 같은 해 10월에 아오키수잔도(青木嵩山堂)에서 발간한 『오바나슈(尾花集)』에 수록되었다.

오층탑

1

나뭇결이 아름다운 느티나무로 몸체를 만들고 가장자리에는 일부러 붉가시나무[1]를 대어 튼튼하게 짠 직사각형의 나무화로[2] 앞에 말할 상대도 없이 오로지 혼자, 좀 외로운

1 붉가시나무: '아카가시(赤堅)'로 떡갈나무의 일종이다. 목재의 색깔이 빨갛고 단단하다.

2 ** 직사각형의 나무화로: '나가히바치(長火鉢)'로, 나무로 만든 직사각형의 화로인데 서랍이 달려 있으며 주로 거실에 두고 쓴다.

듯이 앉아 있는 삼십 안팎의 여자. 남자 같은 훌륭한 눈썹을 언제 밀었는지[3], 눈썹이 있던 자리는 아직도 밀어버린 흔적이 파랗게 남아 있어 보는 이의 눈도 번쩍 뜨일 것 같은 비 온 후의 푸르른 산색을 남기면서 녹색의 냄새를 물씬 풍긴다. 콧날이 오뚝 선 데다 눈매도 날카롭게 치켜져 있고, 게다가 막 감은 머리를 무자비하게 둘둘 말아 올려서 묶은 비비 꼰 종이를 다 보이게 장식[4] 삼아 내놓고는 거기에 한 자루의 비녀를 푹 꽂아 여성스러운 매력이라고는 전혀 찾아볼 수 없는 차림을 하고 있지만, 거무스름하면서도 촌티 나지 않는 얼굴에 부러울 만큼 까맣고 윤기 나는 머리카락이 한 가닥 두 가닥 흐트러져서 내려와 있는 모습은 나이 든 여자를 싫어하는 사람이라도 칭찬하지 않을 수 없는 풍채이다.

내 아내라면 입히고 싶은 좋은 옷이 있다는 둥 주제넘게 여색을 밝히는 어리석은 자[5]가 전혀 부탁하지도 않은 일을

---

3 남자 같은 훌륭한 눈썹을 언제 밀었는지: 에도(江戸, 1603~1867)시대의 여성이 결혼하면 눈썹을 깎고 이를 까맣게 칠하는 관습을 따른 것으로, 1873년쯤부터 이 관습은 차츰 폐지되기 시작했다.

4 ** 묶은 비비 꼰 종이가 다 보이게 장식하고: '힛사키가미오아시라히니(引裂紙をあしらひに)'로, 비비 꼬아 만든 종이로 머리를 묶은 다음, 원래는 그것을 안 보이게 하는 것이지만 여기에서는 오히려 그것을 보이게 내놓고 있다.

제멋대로 뒤에서 걱정도 하겠지만, 이쪽은 또 이쪽대로 겉치레보다는 여염집 삶을 자랑삼은 몸치장. 골라 입은 옷 무늬야 촌스럽진 않지만, 그저 두 줄 실을 꼬아 짠 천[6]에다 솜을 넣어 공단[7]으로 깃을 댄 옷을 입고 전혀 화장도 하지 않은 채, 위에다 걸쳐 입은 넨네코[8]만은 원래는 무엇이었는지[9] 성긴 줄무늬의 고급옷감으로 만들어졌지만, 이것 또한 몇 번이고 물속에 들어갔다 나온 낡은 것임이 틀림없다.

지금도 단지 부엌에서 하녀가 그릇 씻는 소리만 들릴 뿐 집안은 고요하고, 그 외엔 사람이 있는 것 같은 기척도 없다. 아무런 생각도 없이 공연히 이쑤시개를 혀끝으로 굴리며 갖

---

5 * 주제넘게 여색을 밝히는 어리석은 자: '好色漢(호색한)'이라는 한자에다 '시레모노(しれもの)'라고 읽히고 있다. 이것은 곧 '시레모노(痴れ者)'로 어리석은 사람을 말하지만, 한자를 보면 여색을 밝히는 남자라는 뜻을 포함하고 있는 것을 알 수 있다.

6 * 두 줄 실을 꼬아 짠 천: '후타코(二子)'로, '후타코오리(二子織)'라고도 하는데 실을 짤 때의 방법을 말한다. 두 가닥의 실로 꼬아 합친 실을 세로, 혹은 가로 세로의 실로 사용하여 판판한 조직으로 짠 천이다.

7 ** 공단: '슈스(繻子)'인데, 견직물의 일종으로 표면이 매끄럽고 윤기가 있다.

8 ** 넨네코(ねんねこ): 아기를 업을 때에 쓰는 솜을 넣은 포대기를 말하는데, 반코트 길이의 두루마기같이 생겼다.

9 ** 위에다 걸쳐 입은 넨네코만은 원래는 무엇이었는지: 일본 옷이 꿰맨 실을 뜯어서 또 새로운 옷을 만들 수 있어서 나온 말이다. 고급 옷감인 것으로 보아 지금의 넨네코도 옛날엔 또 다른 제대로 된 옷이었다는 것을 알 수 있다.

고 놀던 여자. 갑자기 그것을 딱 물어 끊고 홱 불어 날렸다. 그러고서 화로의 재를 휘저어 숯불을 가지런히 모아놓고는 소쿠리에서 작은 헝겊을 꺼내어 은처럼 빛나는 긴 삼발이 받침대[10]를 닦고 재 담는 오토시[11]를 문지르고, 구리로 된 주전자의 뚜껑까지 깨끗하게 닦았다. 그러고는 남부에서 만들어내는 우둘투둘한 큰 쇠주전자[12]를 화로 위에 반듯하게 올려놓은 다음, 석존 참배[13]를 하러 간 김에 하코네(箱根)[14]에 잠깐 들렀다 온 자가 형수님에게 선물로 준 듯한 나무쪽으로 세공한 예쁘장한 담뱃갑을, 오른손에 든 황갈색의 담뱃대[15]로 끌어당겨서 태평스럽게 한 모금 빨아들여 향의 연기가 위로 오르도록 유유히 연기를 내뿜으면서 알 듯 모를 듯

10 ** 삼발이 받침대: '나가고토쿠(長五德)'로, 화로에 박아 놓고 그 위에 주전자 따위를 얹어 놓는, 다리가 세 개 혹은 네 개 달린 받침대를 말한다.

11 오토시: 나무화로 안에 있는 재를 담아두는 곳으로, 속은 납작한 구리로 둘려 있다.

12 남부에서 만들어내는 우둘투둘한 큰 쇠주전자: '난부아라레노오호데쓰빈(南部霰地の大鐵瓶)'으로 이와테(岩手)현(縣) 모리오카(盛岡) 지방에서 생산하는, 표면이 싸락눈 모양으로 만들어진 주전자를 말한다.

13 석존 참배: '세키존사마마이리(石尊様詣り)'로, 가나가와(神奈川)현 오야마(大山)의 세키존다이곤겐아후리진자(石尊大權現阿夫利神社)에 참배하는 것으로, 매년 6월 26일부터 7월 17일까지 에도 사람들은 단체로 참배했다.

14 ** 하코네(箱根): 가나가와현 남서부에 있는 지명으로 온천 휴양지이다.

한숨을 내쉬었다.

'아마도 우리 남편이 손에 넣긴 하겠지만 얄미운 굼벵이 녀석이 적수가 되어서 작년에 일을 준 은공도 잊어버리고 큰스님[16]께 아부하여 무슨 일이 있어도 이번 일을 하겠다고 자기 처지를 분간하지도 못하고 부탁을 드렸다고 하는데, 세이키치(清吉) 말로는 큰스님께서 편애하고 싶은 마음이 있더라도 전혀 알려지지도 않은 굼벵이에게 소중한 일을 맡기는 것은 단가[17] 사람들에 대한 체면상 그리고 기부해 주는 사람들에게 대한 체면상 어려울 테니까 틀림없이 우리 쪽에 일을 시킬 것이 분명하고, 어쩌다 그 굼벵이에게 일을 시켰다고 해도 그 녀석이 할 수 있는 일도 아니고, 그 녀석 밑에서 일할 사람도 없을 터이니 한다고 해봤자 손해 볼 것은 불 보듯 뻔한 일이라고는 하지만, 그래도 빨리 우리 남편이 드디어 일거리를 받아냈다고 웃는 얼굴을 하고 돌아오면 좋을

15 ** 담뱃대: '벳코로노키세루(鼈甲菅の煙管)'로, 여기서는 반투명한 황갈색이며 빗이나 안경테, 장식품 등으로 쓰이는 자라 껍질(鼈甲)로 만든 담뱃대를 말한다.

16 ** 큰스님: '쇼닌(上人)'으로, 지덕(智德)을 갖춘 고승(高僧)을 일컫는 것으로, 여기서는 로엔(朗圓) 큰스님을 말한다.

17 ** 단가(檀家): 일정한 절에 속하고 시주를 하며 절의 재정을 돕는 집, 또는 그 사람을 말한다.

텐데. "흔하지 않은 일인 만큼 꼭 해보고 싶다. 해내고 싶다. 욕심이 많다고 해도 좋다. 야나카 간노지(谷中感應寺)[18]의 오층탑은 가와고에(川越)[19]의 겐타(源太)가 만들었다. 야, 잘 해냈다. 감탄스럽다는 소리를 들어보고 싶다."는 둥 재미있어 하면서 여느 때와는 달리 일에 신바람이 났기 때문에, 만약 이 일을 남에게 빼앗기기라도 하면 얼마나 화를 낼지, 울화통을 터트릴지 알 수 없다. 그렇지만 그것도 당연한 이치일 테니까 옆에서 내가 위로할 수도 없는 일. 아, 아무쪼록 일이 잘되어서 빨리 돌아오면 좋을 텐데.' 말을 입 밖에 내진 않지만 엿보이는 마누라 기질.

이렇듯 오늘 아침 뒤에서 자기가 만든 하오리(羽織)[20]를 걸쳐 입혀서 내보낸 남자에게 일어날 일을 염려하고 있던 차에 바깥의 두꺼운 격자문이 거칠게 열리면서, "형수님, 형님은요? 뭐, 간노지에요? 할 수 없네요. 그럼 형수님께 죄송하지만 부탁드리겠습니다. 바로 어젯밤 취해서요."라면서 말

18 * 야나카 간노지(谷中感應寺): 도쿄도(東京都) 다이토구(台東區) 야나카(谷中)에 있는 덴노지(天王寺)의 원래 이름이며, 이 소설의 모델로 했다고 한다.

19 ** 가와고에(川越): 사이타마(埼玉)현 중남부에 있는 지명이다.

20 ** 하오리(羽織): 일본 옷의 위에 입는 짧은 겉옷이다.

을 잇지 못하고 이상한 손짓을 하면서 말을 더듬으니까, 미간에 주름을 만들고 쓴웃음을 지으면서 "할 수 없다니 그건 안 되겠네. 정신 좀 차려야지."라고 잔소리를 하고는 선 채로 얼만가의 돈을 건네주었다. 그걸 가지고 문 앞에 가서 뭔가 장황하게 늘어놓고는 다시 이쪽으로 와서 주먹으로 이마를 누르면서 "정말 죄송합니다. 고맙습니다." 하고 서툴게 인사하는 꼴이 우습다.

2

"불을 따로 지피지 않을 테니 이쪽으로 다가와 앉는 게 좋겠어."라고 말하면서 무거운 듯이 쇠주전자를 내려놓고, 아랫사람[21]에게도 붙임성 있게 애교를 떨며 떠주는 벚꽃잎 차(櫻湯)[22] 한잔.

---

21 ** 아랫사람: 여기에서는 세이키치(清吉)를 가리키는 말로, 평소 세이키치가 겐타(源太) 밑에서 일을 하고 있으니까 이렇게 말한 것이다.

22 벚꽃잎 차(櫻湯): 소금에 절인 벚꽃잎에 뜨거운 물을 부은 것으로, 엽차 대신 마신다.

꽃같이 아름다운 진심으로 대접해 주는 것은 입으로 간살부리는 말을 아무리 많이 하는 것보다 반가운 일이지만 곤란한 부탁조차 술술 들어준 데다가 가슴속에 맺힌 것 없이 후련하게 여느 때와 똑같이 대해주니까, 세이키치는 오히려 속으로 부끄러워서 아무래도 마음 한구석이 근질거리는 것 같아 찻잔을 드는 손도 머뭇머뭇하면서 제대로 마시질 못하고 '죄송합니다'라는 인사를 두 번 정도 반복했다.

겨우겨우 다 말라버린 혀[23]를 축이려고 하니까 축일 틈도 없이 "이 시간에 돌아오다니 실컷 대접을 받았었나 보네.[24] 호호, 노는 것도 좋지만 일하는 시간을 깎아 먹어가며 어머니께 걱정을 끼쳐서야 남자로서의 체면이 엉망이 아닌가 세이키치. 자네는 요즈음 나카초(仲町)[25]에 있는 고슈야(甲州屋)의 본가[26] 일이 끝나면 곧바로 네기시(根岸)[27]에 있는 별장의

23 다 말라버린 혀: 긴장과 흥분으로 입이 단 것을 말한다.

24 실컷 대접을 받았었나 보네: 기생에게 대접받은 것을 말하는 것으로, 세이키치가 아침에 돌아온 것을 놀리며 한 말이다.

25 나카초(仲町): 도쿄의 간다구(神田區)에 있는 지명인데 지금은 지요다구(千代田區)에 속한다.

26 ** 고슈야(甲州屋)의 본가: 고슈야(甲州屋) 주인의 살림집을 말한다.

27 네기시(根岸): 시타야구(下谷區)에 있는 지명인데 지금은 다이토구(台東區)에 속한다.

다실 공사로 가고 있잖은가? 우리 남편도 노는 것을 아주 좋아해서 매번 자네들을 이끌고 법석을 떨고 있긴 하지만 일을 소홀히 하는 것은 아주 싫어하지. 지금 만약 자네 얼굴을 보았더라면 또 언제나처럼 핏대를 올릴 것이 뻔한 것을 모르지는 않겠지? 자, 좀 늦기는 했지만, 어머니의 지병이 도졌다는 둥 뭐든 둘러댈 말은 얼마든지 있을 터이니 빨리 네기시로 가는 것이 좋을 거야. 고사 씨[28]도 탁 트인 사람이니까 온종일 부루퉁하지도 않고 게을리하지도 않는 것을 봐서라도 거짓인 줄 빤히 알면서도 집주인 앞에서는 감싸줄 거야. 참, 그래그래, 아침을 아직 안 먹었겠구나. 산(三)이야[29], 뭐라도 좋으니까 그쪽에 상 좀 차려다오. 두부에다 대합을 넣은 냄비 찌개는 아니더라도 배추절임하고 콩조림이라도 상관없겠지? 안 그런가? 두세 그릇 얼른 퍼먹고 바로 일하러 뛰어가. 뛰어가. 호호, 졸려도 어젯밤을 생각하면 참을 수 있을 터이니 정성을 아끼지 말고 일해. 참아야지. 다행히 도시락도 마쓰(松)를 시켜 보낼 테니."라고 말하자, 귀에 거슬

28 ** 고사 씨: '고사사마(五三様)'로 나와 있다.

29 ** 산(三)이야: 산(三)이라는 하녀를 부르는 것이다.

리지 않으면서도 사려 깊은 형수님의 충고에 진땀을 흘리며 자신의 칠칠치 못함을 뉘우치는 정직한 세이키치.

"형수님, 그럼 신세를 지고 곧장 일하러 돌진하겠습니다."라며 움켜쥔 수건으로 이마를 닦고 닦으며 부엌 쪽으로 가는가 했더니, 어느새 꿀꺽꿀꺽 꿀꺽하고 뱃속으로 처넣듯 엽차 물에 만 밥[30] 대여섯 공기를 빨리도 먹고 나와서 "그럼 안녕히 계세요. 다녀오겠습니다."라며 머리를 어깨까지 통째로 한번 푹 숙였다. 그리고는 담뱃대를 챙기고 또 담뱃잎이 들어 있는 통을 짧은 싸구려 띠[31] 속에 쑤셔 넣었다. 과연 성질 급한 에도 토박이 기질.[32] 신발을 걸쳐 신고 문을 나섰다.

바로 그 순간 지금까지 입을 꾹 다물고 있던 여자가 갑자기 불러 멈춰 세우고, "요 이삼일 굼벵이 녀석을 만났는가?" 하며 부싯돌에서 불이 튀어나오는 듯한 성급한 목소리로 말

---

30 ** 엽차 물에 만 밥: '차즈케메시(茶漬飯)'로, 일본인들이 간단하게 먹는 오차즈케(お茶漬け)라는 것인데, 밥에다 엽차 물을 부어서 먹는다.

31 짧은 싸구려 띠: '산자쿠오비(三尺帶)'라 하여 약 110센티미터의 짧은 헝겊을 띠로 하여 허리를 매는 것으로, 신분이 천한 자들이 사용한 싸구려 띠이다.

32 ** 에도 토박이 기질: '에돗코카타기(江戸ッ子氣質)'라 하여 에도, 즉 지금의 도쿄에서 태어나 자란 사람의 공통된 기질로서, 작은 일에 구애받지 않고 의리와 의욕으로 사는 의협심을 자랑으로 삼는 한편, 성질이 급하고 경솔한 것을 단점으로 치기도 한다.

을 걸었다.

세이키치는 뒤돌아서서, "만났어요. 만났어요. 그것도 바로 어제 고텐자카(御殿坂)[33]에서 그 굼벵이가 한층 더 느리게 죽은 닭처럼 목을 축 늘어뜨리고 걷는 것을 봤어요. 이번에 우리 형님의 적수가 되어서 굼벵이인 주제에 이루어지지도 않을 꿈을 걸고, 괜찮긴 하겠지만 그래도 조금이라도 형님과 형수님에게 걱정을 끼치는 그 낯짝이 밉고 또 미워서 참을 수가 없었어요. 그래서 '야이, 굼벵이 녀석' 그러면서 다짜고짜로 독기 서린 말부터 해댔는데 그 녀석 그런 말을 듣고도 정신을 못 차리더라고요.

'야이, 굼벵이 녀석', '굼벵이 녀석' 하고 세 번째에는 옆에 다가가서 큰소리로 호통을 쳤어요. 그랬더니 그제야 깜짝 놀라면서 부엉이 같은 똥그란 눈으로 제 얼굴을 뚫어지게 쳐다보고는, '아아, 세이키치 혀-엉니-임이잖아?' 하면서 잠에서 덜 깬 것 같은 목소리로 인사를 하더라고요. '야이, 네놈은 아주 멋진 남자가 되었구나. 꿈속에서 염색집 지붕 위에 있는 높은 건조장[34]에라도 올라갔었나? 아주 높은

33 고텐자카(御殿坂): 현재 도쿄도 분쿄구(文京區), 도쿄대학 식물원 옆에 있는 언덕을 말한다.

것을 세우고 싶어서 간노지의 큰스님께 아부를 떨어댄다는 소문인데, 그건 제정신으로 하는 것이냐 비몽사몽간에 하는 것이냐?'라면서 대놓고 놀려댔더니, 하하하 형수님, 우둔하다는 건 정직한 것이더라고요. 뭐라고 대답하는가 했더니, '나도 꽤 애를 써 아부를 하고는 있는데 겐타 큰형님을 상대로 하고 있어서 아무래도 아부를 떨기가 힘들어 죽겠어요. 큰형님이 굼벵이, 너 해봐라, 하면서 양보해 주면 좋을 텐데.'라고 바보같이 뻔뻔한 대답을 하더라고요. 하하하 생각만 해도 걱정스러운 얼굴로 아주 진지하게 말한 그 낯짝이 우스워서 참을 수가 없었어요. 너무 우스우니까 미운 마음도 없어져서 '정신 나간 놈'이라고 내뱉고는 헤어졌어요.", "그게 다인가?", "예." "그랬구나. 자 늦을라, 상관 말고 어서 가는 게 좋겠어." "안녕히 계세요." 하고는 세이키치는 자기 일터로 향했다.

그러고 나서 여자는 혼자서 생각에 잠겼고, 밖에서는 천진한 아이들의 팽이 돌리며 노는 소리가 시끄럽게, "하나 죽

34 염색집 지붕 위에 있는 높은 건조장: '고야노호시바(紺屋の干場)'로 '고야'는 염색하는 것을 직업으로 하는 집을 말하는데, 염색집의 빨래 너는 곳은 보통 가정의 건조장과 달라서 긴 천을 널 수 있도록 지붕 위 높은 곳에 만들어져 있다.

였다, 둘 죽였다, 꼴 좋다, 원수 갚았다."라면서 아우성친다. 알고 보면 여기에도 끝없이 경쟁하는 세상살이[35]가 나타나 있는 것이다.

3

일가가 번성하고 넉넉한 사람은 음력 시월에 하는 옷 정리도 아무런 어려움 없이 하고 쓰무기(紬)[36]에 이토오리(絲織)[37]에 자기가 좋아하는 것은 무엇이든 다 입으면서, 추위를 맞는 가난한 자의 걱정은 알지도 못한 채, '자, 겨울 풍로를 꺼내자. 자, 엽차를 새것으로 갈자.[38] 거기에 맞춰서 서둘러 다실을 완성해라. 응접실의 지붕도 손질해라. 한밤중에

35 끝없이 경쟁하는 세상살이: '준준가타키노요노사마(順順競爭の世の狀)'로 팽이 놀이의 승부는 이겨내면서 경쟁하는 것이라, 이긴 사람에게 새로운 사람이 도전한다. 이것이 생존경쟁이 심한 이 세상의 모습과 같다는 것이다.

36 쓰무기(紬): 목화에서 손으로 실을 뽑아 꼬아서 만든 실을 가로 세로로 사용하여 평직물을 만든 것인데 튼튼하기에 애용되었다.

37 이토오리(絲織): 비단을 꼬아 만든 실로 짠, 무지나 혹은 줄무늬의 견직물이다.

38 엽차를 새것으로 갈자: 음력 10월 초에 그해의 새 엽차로 시작하는 다도 모임이 있는데 그때부터 새 엽차 단지를 개봉하여 엽차를 새것으로 갈아쓴다.

지나가는 찬비도 차 한잔 마시면서 듣지 않으면 창문을 두드리는 빗소리도 즐겁게 들리지 않는다.'는 등 사치스러운 소리를 하면서 초겨울의 찬바람이 심하게 불고 종소리도 꽁꽁 언 듯한 소리를 내는 괴로운 겨울조차 유쾌한 것인가 뭔가로 알고 있다.

그러나 그 다실의 도코노마(床間)[39]의 널빤지를 깎는 대패미는 손이 얼어붙고, 그 처마를 묶으면서[40] 바람에 시달려서 복통을 일으킨 적도 있는 일꾼 같은 존재들은 도대체 전생에 얼마나 나쁜 짓을 했기에 같은 세상에 태어나 남과 달리 이런 고통을 받는 것일까. 특히 일꾼 중에서도 세상 물정 모르고 마음씨 착한 우리 남편. 솜씨는 겐타 어르신조차 작년에 여러 가지로 보살펴 주시면서 훌륭하다고 칭찬해 주실 만큼 확실한 것이지만, 너그러운 성격이라 일도 빼앗기기 쉽고, 좋은 일은 언제나 남에게 빼앗겨서 일 년 내내 즐겁지 않은 생활로 날을 보내고 달을 맞는 따분함. 무릎이 해진 것

39 ** 도코노마(床間): 일본식 방의 상좌에 바닥을 한층 높게 만든 곳을 말하며, 여기에는 보통 벽에는 족자를 걸고 바닥에는 꽃이나 장식물을 꾸며 놓는데, 주로 객실에 꾸민다.

40 처마를 묶으면서: '야마토가키유이(大和垣結)'라 하여 처마 대는 하나의 방법이 있는데, 울타리를 묶어 가듯이 하며 만드는 방법을 말한다.

을 간신히 메워 꿰맨 작업복만을 자기 남편에게 입게 하는 것이 여자로서는 남 보기에도 부끄럽지만, 모두가 다 가난이 시키는, 뜻대로 안 되는 어쩔 수 없는 일.

지금 만들고 있는 이노(猪之)[41]의 솜 넣은 옷도 몇 번이고 수없이 빨아 색이 바랜 마쓰자카지마(松坂縞).[42] 정성 하나로 입히긴 해도 입혀서 태가 나기는커녕 보기 흉할 만큼의 바느질 자국. 그것을 아까는 분별없는 어린 마음이라고는 하지만, "어머니 그것은 누구 거예요? 작으니까 내 옷이구나. 야, 신난다."라고 말하면서 좋아서 그냥 그대로 밖으로 뛰어나간 채, 어쩌다가 따뜻한 날씨에 들떠서 작은 작대기를 들고 하늘을 나는 고추잠자리를 때려잡으려고 어느 동네까지 간 것일까.

아아 생각해 보면 바느질도 싫어진다. 어떻게든 우리 남편 솜씨를 반만이라도 남들이 알아주었더라면 이렇게까지 가난하지는 않을 텐데. 속담에도 있듯이 재주는 있어도 썩히기만 하니[43], 언제 그 솜씨를 발휘해서 모든 사람의 눈에

41 ** 이노(猪之): '굼벵이(のっそり)'라고 불리는 주베(十兵衛)의 아들이다.

42 마쓰자카지마(松坂縞): 미에(三重)현 마쓰사카시(松阪市)에서 생산하는 튼튼하고 정교한 줄무늬 명주이다.

떨 거라는 전망도 없다. 솜씨 없는 목수, 구멍이나 파는 목수, 굼벵이라는 지긋지긋한 별명까지 붙어서 동료들도 깔보는 안타까움이여, 원망스러움이여. 뒤에서 그저 안절부절못하던 내가 생각하기에도 주제에 어울리지 않게 태연한 것이 얄미울 정도였는데, 이번에는 또 어쩐 일로 간노지에 오층탑을 세운다는 말을 듣자마자 갑자기 걷잡을 수 없이 그 일을 꼭 하고 싶은 마음이 들었는가. 은혜를 입은 어르신이 바라는 것도 상관하지 않고 욕심을 부리니, 이런 가난뱅이가 그런 큰일을 떠맡기에는 좀 과분하다고 같이 사는 나조차 생각할 정도인데, 남은 뭐라고 수군거릴 것인가. 하물며 어르신은 틀림없이 미운 굼벵이 녀석이라고 화를 내고 계실 거야. 세이키치 님은 의리도 모르는 녀석이라고 한층 더 원망하고 계실 거야. 아마도 오늘은 어느 쪽에 맡긴다는 말 한마디를 큰스님이 결정하실 거라면서 아침에 나가서는 아직 돌아오지 않는데, 제발 이번 일만은 그토록 우리 남편이 바라고는 있지만, 이쪽의 신분에는 어울리지도 않고 어르신께는 의리도 있고 하니까 겸사겸사 큰스님께서 어르신께 맡기

43 ** 재주는 있어도 썩히기만 하니: "다카라노모치구사레(寶の持ち腐れ)"라고 해서 '소중한 것이나 재능이 있어도 쓰려고 하지 않는 것'을 말하는 속담이다.

시면 좋을 거라는 생각도 들고, 또 어르신이 넓은 마음으로 그리 화도 내지 않는다면 우리 남편에게 시켜서 훌륭하게 성취하게 하고 싶은 마음도 든다. 에휴, 어떻게 될 것인지 마음이 조마조마하구나. 아무래도 우리 남편한테 맡기시진 않으시겠지만, 만약에 드디어 우리 남편이 하게 된다면 어르신과 세이키치 님이 얼마나 화를 내실지 알 수가 없다. 아아, 걱정으로 머리가 아프구나. 또 이렇게 걱정하는 것을 알면 우리 남편은 "여자가 쓸데없는 걱정을 하는구나. 그러니까 언제나 몸이 약하지."라며 다정하지만 해봤자 소용없는 잔소리를 하겠지. "인제 그만하자, 그만해. 아이고, 머리야."라고 말하며 약간 곰보인 창백한 얼굴을 찡그리면서 약 종이[44]를 붙여 놓은 좌우의 관자놀이를 바느질하던 것을 팽개치고 양손으로 누르는 여자의 나이는 스물대여섯.

눈코의 맵시도 흉하진 않지만 좋은 음식을 먹지 못해 기름기가 없어서 피부가 거칠어 딱하고, 낡은 옷에 엉성한 머리가 보기에도 더욱더 슬픈 느낌을 자아내는데, 절실하게 혼자서 신세 한탄하고 있을 때 창호지가 찢어진 부엌문이

44 약 종이: '속코시(卽效紙)'라고 해서 종이에 약을 발라놓은 것인데, 주로 두통이 날 때 아픈 곳에 붙인다.

드르륵 열리면서 "어머니, 이것 좀 보세요." 하고 이노가 말하니까 깜짝 놀라서 "너 언제부터 거기 있었니?"라고 물으면서 쳐다보니까 두꺼운 나무 조각, 얇은 나무 조각들의 자투리를 쌓아서 그럴듯하게 흉내 내어 쌓아 올린 오층탑.

어머니는 불현듯 눈물을 흘리며 "아이고, 착하기도 하지." 하고 목소리를 흐리면서 갑자기 이노를 끌어안았다.

4

당시의 명성 높은 목수 가와고에의 겐타가 청부 맡아 만든 야나카 간노지는 어디 하나 결점이라고 할만한 곳이 있을 리 없고, 다다미(畳)[45] 오십 장을 깔고 격자무늬의 천장이 있는 본당. 마치 다리처럼 느껴지는 긴 복도. 손님을 맞는 몇 채의 전각. 큰스님의 거실, 다실, 수행 중인 학승들이 머무는 곳. 부엌, 욕실, 현관까지. 어떤 것은 장엄함을 뽐내고 어떤 것은 견고함을 다하여, 어느 것은 예쁘게 어느 것

45 ** 다다미(畳): 짚으로 엮은 것이데 일본식 방에 까는 것으로, 1장이 90센티미터×180센티미터의 크기이다.

은 적막하게 각각의 특징에 알맞고 꾸밈 또한 조금도 손색이 없다.

처음부터 보잘것없는 낡은 절을 이렇게까지 큰절로 만들어 놓은 것이 누군 줄이나 아는가. 그 존함을 들어보면 당시의 세 살배기 어린아이도 합장 예배할 만큼 세상에 잘 알려진 우다(宇陀)[46]의 로엔(朗圓) 큰스님이라고 해서 일찍이 미노부산(身延山)[47]에 들어가 형설지공의 고사처럼 험난한 고학[48]을 계속하고, 중년엔 일본 전역을 떠돌아다니면서 도를 닦는 수행을 쌓아, 비파사나(毘婆舍那)의 관법[49]으로 깨침이라는 상념의 경지를 터득하고, 중생이 불도를 성취하기 위한

46 ** 우다(宇陀): 나라(奈良)현 동부의 지역 이름으로, 야마토(大和) 10군(十郡)의 하나이다.

47 미노부산(身延山): 야마나시(山梨)현 미나미코마군(南巨摩郡)에 있는 산으로, 니치렌슈(日蓮宗)의 총본산(總本山)인 구온지(久遠寺)가 여기에 있다.

48 형설지공의 고사처럼 험난한 고학: '형설(螢雪)'은 어렵게 학문을 닦는 것을 말한다. 중국의 차윤(車胤)이 가난하여 등유를 살 수 없어 여름에는 반딧불을 모아 그 빛으로 독서를 했다. 또 손강(孫康)도 겨울에 눈의 빛으로 독서를 했다. 이 고사에 의해 '형설'이라는 말이 생겨났다.

49 비파사나의 관법: '비바샤나노산교(毘婆舍那の三行)'로 나와 있는데, '비파사나(毘婆舍那)'는 관(觀)이라는 뜻으로 마음을 하나로 해서 지혜를 갖고 불법의 일정한 도상(導象)을 관찰하고 염상(念想)하여 깨침의 경지에 도달하고자 하는 것이다. 천태종(天台宗)·율종(律宗)·화엄종(華嚴宗) 등 각각 3종(三宗)의 관법을 규정하고 있다.

네 가지 방법[50]으로 구제의 설법을 울려 퍼뜨린 칠십여 살의 노스님.

몸집은 속세의 비린내 나는 음식을 피했기 때문에 마치 학처럼 야위었고, 눈은 인간 세상의 거추장스러운 것이 싫증 나서 반은 늘어져 있는 듯하고, 원래부터 흩어지고 파괴되는 이 허무한 세상의 이치를 깨달아 가슴속에 의욕의 불길이 치솟는 일도 없고, 참된 열반의 경지를 깨쳐 만사에 집착하는 일도 없어서 탑을 일으키고 절을 세우고 싶다고 바라지도 않았지만, 덕이 있는 것을 좋아하고 교화되기를 바라면서 모여드는 학도들이 아주 많아서, 그들이 비바람을 피할 수 있는 곳도 원래 있던 그대로의 건물로는 어림도 없었기에, 조금 더 법당이 넓었더라면 좋았을 것이라고 혼잣말로 중얼거린 것이 근원이 되어서, "덕이 높으신 스님께서 새로 규모를 넓혀서 절을 세우고 싶다고 말씀하셨다."라고 하면서 이것이 팔방으로 알려지니까, 개중에는 영특한 제자들이 있어 시키지도 않았는데 사방으로 뛰면서 간노지 건립

50 * 불도를 성취하기 위한 네 가지 방법: '시슈노시쓰탄(四種の悉壇)'으로, 『지도론(智度論)』에 나와 있다. '실단(悉壇)'은 '성취'라는 뜻으로, 중생이 불도를 성취하기 위한 네 가지의 방법을 말한다.(世界悉壇, 各各爲人悉壇, 對治悉壇, 第一義悉壇)

을 위해 기부하길 권하며 다니는 자도 있고, 뭐나 되는 것처럼 스님의 덕이 높으심을 연설하면서 부자들에게 권하여 기부하게 하는 신도도 있었다.

그렇지 않아도 평소에 가르침을 따르고 그것을 기뻐하며 마음속 깊이 귀의하는 마음을 가진 자가 구름처럼 아주 많은데 이렇게 가세하니 위로는 영주부터 아래로는 상인까지 서로 앞다투어 재물을 내놓아 서로 먼저 부처님께 공양하여 복과 덕을 얻어 후세를 안락하게 하고자, 부자는 금은을 가난한 자는 구리 돈 백 개 이백 개를 형편에 맞춰서 보시하니 백 개나 되는 많은 강물이 바다로 쏟아져 들어가듯이 순식간에 놀랄 만큼 많은 돈이 모였는데, 그로부터는 처세술에 뛰어난 자가 간사도 되고 경리[51]도 보아서 만사를 모두 집행하여 이윽고 훌륭하게 성취되었다고 하는 것은 듣기만 해도 기분이 좋아지는 이야기이다.

그렇게 해서 완전히 성취된 다음, 경리과장인 다메우에몬(爲右衛門)이 토목공사에 들어간 입출금 잡비 일체를 관리하여, 모든 것을 빠짐없이 결산했는데도 아직도 큰돈이 남았

51 ** 경리: '요닌(用人)'으로, 에도시대에 다이묘(大名) 밑에서 서무 출납 등을 맡던 사람을 말한다.

다. 그것을 어떻게 할까 하고 절의 사무를 보는 엔도(圓道) 스님까지도 머리를 맞대고 둘이서 상의했지만, 별로 특별한 사려 깊은 의견도 나오질 않았다.

논을 살까 밭을 살까, 논도 밭도 남을 만큼 시주가 있으니 새삼스럽게 이 정재(淨財)[52]를 그와 같은 일에 써야 할 이유도 없다면서 아무리 궁리해도 좋은 수가 떠오르지 않자 "에이, 귀찮다. 마음대로 해라." 하고 굵은 목소리로 말씀하신 것은 다 알려 있지만, 흠칫흠칫 엔도가 어느 날 "혹시 생각하고 계신 바가 있으신지요?" 하고 여쭈어봤더니 "탑을 세워라."라는 단 한마디만 말씀하신 채 뒤돌아보지도 않으시고 커다란 뿔테 안경 속에서 지긋이 희미한 눈빛을 발하면서 무슨 경인지 논인지를 묵묵히 계속해서 읽고 계셨다.

이렇게 해서 드디어 탑을 세우기로 결정이 되었고, 겐타에게 견적을 내라고 엔도가 말했는데, 그것을 아는지 모르는지 그 큰스님께 뵙게 해 달라고 굼벵이가 찾아온 것은 지금부터 두 달 정도 전의 일이었다.

52 ** 정재(淨財): 절에 보시된 깨끗한 돈을 말한다.

5

감색이라고는 해도 땀에 바래고, 바람에 변하여 이상한 색이 된 데다가 몇 번이고 빨아 헹궜기 때문에 원래 색깔도 알아볼 수 없는, 게다가 앞깃에 쓰인 글씨조차 흐려진 웃옷을 입고 기워 댄 낡은 작업복을 입은 남자가 머리는 먼지투성이여서 하얗고 얼굴은 햇볕에 타서 품위 없는 풍채가 더욱 품위 없어 보이는데, 어정버정 어슬렁어슬렁 간노지의 큰문을 들어서려고 하자 문지기가 이상히 여겨 날카로운 목소리로 누구냐고 물어댔다.

깜짝 놀라서 잠시 눈을 휘둥그레 뜨고는 이윽고 허리를 굽히며 지나치게 공손히 "목수인 주베(十兵衛)라고 합니다. 탑 공사 때문에 부탁드릴 게 있어서 왔습니다."라며 머뭇머뭇 말하는 풍이 의심스럽긴 하지만, 목수라고 하니까 아마도 겐타가 제자나 누구한테 무슨 심부름이라도 시켜서 온 것이겠지 하고 추측하여 "지나가라." 하고 거만스럽게 허락했다.

주베는 여기에 힘을 얻어 사방을 둘러보면서 엄숙한 현관 앞에 이르렀다. 그러고서 "실례합니다." 하고 두세 번 말하니까 회색 승복을 입은 빡빡 깎아 새파란 머리를 한 귀여운 동자승이 "예, 예." 하고 답하면서 창호지 문을 열었다. 그러나 손님을 대하는 데 너무 익숙해져 있는 동자승은 잽싸게 사람을 판단하고는 현관 마루까지 내려오지도 않고 그냥 선 채로 "볼 일이 있으면 부엌으로 가라."라며 냉정하게 장지문을 탁 닫았다. 그 후론 어딘가 나무 위에서 우는 직박구리[53]의 삐오삐오 하는 울음소리만 들릴 뿐 아무런 소리도 울림도 없다.

'그렇구나.' 하고 혼잣말을 하면서 주베가 부엌 쪽으로 가서 또 안내를 청하니까 경리를 보는 다메우에몬이 그럴듯한 얼굴을 하고 나와서 "본 적 없는 목수님인데 어디에서 무슨 일로 오셨는가?" 하고 말하는데 허술한 옷차림을 이미 깔보는 듯한 말투이다.

그러나 주베는 그런 것은 더욱더 염두에도 두지 않고 "나는 목수인 주베라고 하는 사람입니다. 큰스님을 뵙고 부탁드릴 일이 있어서 왔습니다. 제발 뵙게 해주십시오." 하면서

53 직박구리: '히요(鵯)'로 날개 길이가 17~18센티미터. 머리는 회색, 등은 약간 검은색, 꼬리와 날개는 검은색이다. 가을 겨울에 걸쳐 숲에서 삐오삐오 하고 운다.

머리를 숙이고 부탁했다. 그러자 다메우에몬은 주베의 더러운 머리부터 흰 게타 끈이 회색이 된 신발을 신은 발끝까지 눈을 흘기며 내려보고는 "안 돼, 안 돼. 큰스님은 속세 일에 관여하지 않으셔. 부탁이란 게 뭔지는 모르지만 말해 봐. 때에 따라서는 내가 선처해 줄게."라면서 아주아주 모든 것을 다 알고 있는 듯한 경리 보는 사람답게 재주꾼인 척한다.

그런 것을 전혀 개의치 않는 남자는 어설프게 그런 것을 뿌리치고는 "아니 고맙기는 하지만 큰스님을 직접 뵙지 않고서는 말씀드려 봤자 소용이 없는 일이니, 제발 그저 뵙게만 해주십시오."라면서 이쪽 마음이 대쪽 같다 보니 상대편 감정을 건드리는 말이란 것도 생각지 않고 되밀치면서 말한다.

다메우에몬은 속으로 자기를 대수롭지 않게 생각하는 것이 미워서 노여움을 품고는 "말뜻을 모르는 녀석이구나. 큰스님은 너 같은 목수 따위가 하는 말에 귀를 기울이지 않으시니까 뵙게 해줘도 소용이 없다. 그러니까 내가 알아서 선처해 주겠다고 과분하게 대해주니까 기어오르는 말투 좀 봐라. 이젠 이것도 저것도 아무것도 안 들어 줄 테다. 돌아가라, 돌아가."라고 말하면서 소인이 항상 그렇듯이 말투가 갑자기 거칠어져서 쌀쌀맞게 말을 내뱉고는 돌아서려고 한다. 그러자 당황한 주베는 "그렇긴 하시겠지만." 하면서 말을 하려 하는데 말을 반도 다 하기도 전에 "귀찮다, 시끄럽다." 라면서 거절하고 안으로 들어가 버렸다.

주베는 망연자실 멀거니 서서 손안의 반딧불이 빠져나간 듯한 마음이 들었지만, 어쩔 수 없이 소리를 지르면서 또다시 뵙게 해주기를 청했는데 입 가진 사람이 있는 건지 없는 건지 썰렁한 큰 절은 고요하기만 하고 울려 퍼지는 자기 목소리는 자기 귀에는 들리지만, 그 외에는 기침 소리 하나 들리지 않는다.

현관으로 돌아가서 또 "계십니까?" 하고 말하니까 아까 나왔던 얄밉게 생긴 동자승이 조금 얼굴을 내밀고는 "부엌으로 가라고 알려줬건만." 하고 혼잣말을 하고는 성급히 장지문을 탁 닫았다.

또 부엌으로 갔다가 또 현관으로 갔다가, 또 현관으로 갔다가 또다시 부엌으로, 나중에는 조심하던 것도 잊어버리고 본당에까지 울리는 큰소리로 "계십니까? 계십니까? 안 계십니까?" 하고 소리치니까, 그보다 더 큰소리로 "야이, 바보야."라고 욕을 퍼부어 대면서 다메우에몬이 성큼성큼 다가

와 "남자들은 이 미친놈을 문밖으로 끌어내라. 소란스러운 것을 싫어하는 큰스님이 아시면 이 녀석 때문에 틀림없이 우리가 혼날 거야."라는 분부.

"알겠습니다."라면서 아까부터 뒷방에서 뒹굴고 있던 남자들이 다 같이 합세하여 끌어내려고 하고, 땅바닥에 앉아서 쫓겨나지 않으려고 하는 주베. "손을 잡아라, 다리를 들어 올려라." 하면서 모두가 큰소리를 퍼부어 대며 소란을 떨고 있는 차에 뒤뜰에 핀 꽃 두세 송이를 잘라서 객실을 장식하려고 경내 여기저기를 돌아다니던 로엔 큰스님은 깨끗한 자목련 색의 옷을 입고 왼손에 여랑화, 도라지꽃, 오른손에 빨간색 손잡이가 달린 가위를 쥔 채 우연히도 이곳을 지나가게 되셨다.

6

"무슨 일로 시끄럽게 소란을 떠는가?"라고 큰스님이 호통치신 날벼락 같은 말 한마디에 참새무리들이 지르던 목소리를 멈추고 들어 올린 주먹을 감출 새도 없이 선문답에서 "있는가? 있는가?" 하고 다그쳐 물으며 일갈했을 때의 허리가 부러진 듯한 모습을 한 자도 있고, 올려붙인 소매를 멋쩍은 듯이 내리고는 슬금슬금 남의 뒤에 숨는 자도 있다.

하늘을 향한 콧구멍에서 화염이라도 품어 댈 듯이 거만하게 화를 내고 의기양양하던 다메우에몬도 조금은 부끄러워진 것일까, 목을 늘어뜨리고 손을 비비면서 자기가 소란을 일으킨 장본인인 것이 어쩔 수 없는 듯 자초지종을 자기에게 유리하게 이끌어가면서 말하기 시작했다.

그러자 마르고 주름진 얼굴에 길고 깊게 파인 입가의 주름을 한층 깊게 하면서 지긋이 천천히 웃으시고는 여자처럼 가볍고 부드러운 작은 목소리로 "그렇다면 소란을 피우지 않았어도 좋았을걸. 다메우에몬, 자네가 그저 고분고분 나를 만나게 해주기만 했으면 아무 일도 없었을 텐데. 자, 주베라고 했던가? 나를 따라 이쪽으로 오시게. 엉뚱하게도 딱한 일을 당할 뻔했습니다."라고 모든 이가 존경하고 흠모하는 사람은 또 각별한 마음 씀씀이를 하는 것인지, 배우지 못한 자를 가볍게 보지 않고 신분이 낮은 상놈도 깔보지 않고, 친절하고 온화하게 앞장서서 조용히 인도한다.

그 뒤를 따라가면서 멍청하여 세상 물정을 모르는 심성에도 자비가 마음 깊이 스며들어 감동의 눈물을 감추지 못하는 주베. 따라 들어감에 따라 적토가 촉촉하게 젖어 있고, 징검돌이 마치 그림같이 깔려 있고, 벽오동이 깊은 그늘을 만들고 있었으며, 대나무가 그윽한 색을 띠며 우거져 있는 곳들을 돌고 돌아 지나서 아담한 접이문[54]을 들어섰다. 거기에는 이렇다 할 꽃도 없는 작은 뜰이 그저 고색창연하여서 우라쿠(有樂)류[55]의 등롱에 솔잎이 떨어져 있고 둥그런 물받이 화분에 이끼가 끼어 있는 것이 보는 이의 눈 속 먼지까지도 씻어줄 것 같이 깨끗하다.

큰스님은 뜰에서 신던 나막신을 벗고 위로 올라가서 "자, 자네도 이쪽으로."라고 말을 하고는 손에 쥐고 있던 꽃을 천장에서부터 매달려 있는 꽃병[56]에 꽂아두었다. 주베는 조금도 주눅 들지 않고 당당하게, 그러나 수건으로 발을 터는 정

54 접이문: '오리도(折戶)'로 경첩을 붙여 한가운데에서 접을 수 있도록 만든 문이다.

55 우라쿠(有樂)류: 다도의 한 유파로서, 센노리큐(千利休)의 제자인 오다 노부나가(織田信長)의 동생 오다 우라쿠사이(織田有樂齋, 1552~1621)가 이 일파를 만들었다.

56 * 천장에서부터 매달려 있는 꽃병: '쓰리하나이케(釣花活)'로 꽃꽂이의 받침대를 천장에 매다는 방식이다. 가는 줄로 매달아서 공중에서 꽃꽂이가 장식되어 있도록 만든 것인데 배 모양을 한 것 등이 많다.

도의 일도 생각지 못하는 남자이다 보니 그것조차도 하지 않고, 그저 신발을 벗고 어슬렁어슬렁 작은 다실로 따라 들어갔다. 그러고는 코를 맞댈 만큼 큰스님께 다가앉아서 묵묵히 고개를 숙여 절하는 모습은 예의를 따르진 않았어도 충분히 거짓 없는 마음의 진실을 나타내고 있었다.

몇 번이고 금방이라도 말을 꺼내려고 하면서도 잘 열지 못하는 입을 겨우겨우 열어 혀의 움직임도 더듬거리면서 "오층탑 말씀인데요…. 부탁드리러 온 것은 오층탑 때문입니다."라고 말하면서 아닌 밤중에 홍두깨식으로 갑자기 엉덩이까지도 치켜들고 고르지 못한 목소리로 가슴속에 있는 것을 이마나 겨드랑이 밑에 나는 땀과 함께 간신히 쥐어짜내자, 큰스님은 뜻하지도 않게 웃음 지으면서 "뭔지 모르지만 나를 무섭게 생각하지 말고 어렵게 생각하지 말고 편안히 말하면 되네. 부엌 땅바닥에 주저앉아서 움직이지 않던 모습으로는 뭔가 깊이 생각해 온 것이 있을 테지. 자, 어려워 말고 서두르지 말고 나를 친구처럼 생각하고 말하면 되네."라고 말씀하시면서 어디까지나 자비로운 마음 씀씀이.

주베는 올빼미라고 항상 욕을 얻어먹는 동그란 그 눈에 어느새 맥없이 눈물을 머금고, "네, 네, 네. 고맙습니다. 골똘히 생각다 못해 찾아왔습니다. 그 오층탑을. 이런 놈입니다. 보시다시피 굼벵이 주베라고 억울한 별명이 붙어 있는 놈입니다. 하지만 큰스님, 정말입니다. 일을 못 하지는 않습니다. 알고 있습니다. 저는 바보입니다. 바보 취급을 당하고 있습니다. 패기 없는 어쩔 수 없는 녀석입니다. 그러나 거짓말은 좀처럼 하지 않습니다. 큰스님, 목수 일은 할 수 있습니다. 오스미(大隅)류[57]는 어렸을 때부터 배웠고, 고토(後藤) 다테카와(立川)[58] 두 파의 기술도 터득하고 있습니다. 일을 하도록 해주셨으면 좋겠습니다. 오층탑을 짓는 일을 제가 할 수 있게 해주시길 바랍니다. 그래서 왔습니다. 가와고에의 겐타 님이 견적을 뽑았다고 하는 것은 오륙일 전에 들었습니다. 그러고서 저는 잠을 못 잤습니다. 큰스님, 오층탑은 백 년에 한 번 평생에 한 번 꼭 세워지는 것이 아닙니다. 은혜를 입고 있는 겐타 님의 일을 빼앗고 싶다고는 절대로 생각하지 않지만, 아아, 똑똑한 사람이 부럽군요. 평생에 한 번 백 년에 한 번 할 수 있을지 없을지 모르는 좋은 일을 겐타

57 오스미류(大隅流): 건축 기술의 한 유파인 듯하다.

58 고토 다테카와: 고토류(後藤流) 다테카와류(立川流)로서 둘 다 건축 양식의 유파인 듯하다.

님은 하시는군요. 죽어도 훌륭히 이름을 남기시니 아아 부럽군요, 부럽군요. 목수로서 사는 삶의 보람도 있다고 하는 것. 그에 비해서 이 주베는 끌과 손자귀를 쥐면 겐타 님이나 누구라도, 먹줄을 잘못 치는 경우가 있을지 몰라도[59], 주베는 만에 하나라도 뒤지는 일은 틀림없이 틀림없이 없다고 생각합니다. 일 년 내내 길게 붙어 있는 가난한 연립주택의 널빤지 벽이나 수리하고, 마구간이나 나무상자나 만드는 별것 아닌 일들만 많이 합니다. 하늘이 저에게는 지혜를 주지 않으셨기에 어쩔 수 없다고 단념하고 단념해도, 할 줄도 모르는 녀석들이 신궁을 만들고 법당을 맡아 하여 보는 이의 눈에 세우게 한 사람이 불쌍하리만큼 잘 못 만들어진 것을 볼 때마다 마음속으로 자신의 운이 없는 것을 탓하여 울고 있는 것입니다. 큰스님, 때로는 억울하여 기술도 없는 주제에 지혜만 뛰어난 녀석이 밉게만 생각되기도 합니다. 큰스님, 겐타 님이 부럽습니다. 지혜도 뛰어나고 솜씨도 뛰어나서 아아 부러운 일을 하시는군요. 저는요. 겐타 님은요. 한심

59 ** 먹줄을 잘못 치는 경우가 있을지 몰라도: 먹줄은 일부러 어떻게 하지 않는 한 언제나 반듯하게 쳐지기 때문에 항상 반듯한데, 그런 먹줄이 만에 하나 잘못 쳐지는 일은 있을지 몰라도 주베 자신은 그런 먹줄보다도 더 확실하게 누구보다도 잘 할 수 있다는 것을 강조하기 위하여 먹줄을 예로 들어 말했다.

한 이 저는요. 이렇게 말하면서 부럽다 못해 결국엔 마누라 한테도 대꾸도 하지 않고 울면서 잔 그날 밤. '오층탑을 네가 지어라, 바로 지금 지어라' 하고 무서운 사람이 분부하시기에 허둥대며 뛰어 일어나다가 도구 상자에 손을 쑤셔 넣은 것은 반은 꿈이고 반은 현실이었습니다. 눈을 완전히 뜨고 보니까 손가락 끝을 끌에 쑤셔 넣어 다치면서 도구 상자를 끌어안고 어느샌가 이불 밖으로 나와 있던 허전함을, 사방 등 앞에 멍하니 앉아 '아아 한심하구나 하찮구나' 하고 생각했을 때의 그 심정을 큰스님께서는 이해할 수 있으시겠습니까? 네? 이해하시겠습니까? 누구라도 이것만을 알아준다면 탑은 세우지 않아도 좋습니다. 어차피 바보 같은 주베는 죽어도 좋습니다. 겁쟁이 바보처럼 살고 싶지도 않습니다. 그러고 나서부터는 참말이지 참말입니다, 큰스님. 맑게 갠 하늘을 보아도 빛이 닿지 않는 방구석의 어두운 곳을 보아도 흰 나무로 지어진 오층탑이 불쑥 우뚝 서서 저를 내려다보고 있는 것처럼 보입니다. 마침내 자기가 만들고 싶은 마음이 생겨서라고 생각하고 도저히 못 미치는 줄은 알면서도 매일 일을 마치면 곧바로 시작해서 밤새도록 오십 분의 일의 모형을 만들어서 어젯밤에 마침 완성했습니다. 보러 와주십시오, 큰스님. 부탁받지도 않은 일은 완성되고 하고 싶은 일은 하지도 못하는 이 억울함. 에이 운이 없는 것만큼 한심한 일은 없다고 제가 한탄하니까, 큰스님요, 어차피 하지도 못할 거면서 운이 없는 줄을 알기나 하겠느냐고 마누라가 그 모형을 흔들면서 멋대로 말을 하는데 그 말도 무리한 것은 아니라고 생각되어서 한층 더 슬퍼서 울었습니다. 큰스님, 자비심을 베풀어 이번 오층탑을 저에게 세우게 해 주세요. 간절히 빕니다. 보시는 바와 같이." 하면서 양손을 합하여 머리를 다다미에 대고 눈물을 얼마나 많이 떨어뜨렸는지, 그 눈물 위엔 먼지가 뜰 정도였다.

7

목각의 나한(羅漢)[60]같이 묵묵히 앉아 보리수 열매로 된 염주를 굴리면서 주베의 두서없는 말에 귀를 기울이고 있던 큰스님은 주베가 머리를 숙이는 것을 못하게 말리면서, "알

60 나한(羅漢): '아라한(阿羅漢)'의 준말로, 최고의 깨달음에 이른 불도의 수행자를 말한다.

았습니다. 잘 알아들었습니다. 야아, 특별한 마음가짐을 하고 계시네요. 훌륭한 생각을 품고 계시네요. 학생들의 교훈으로도 삼을 만하네요. 나도 생각지도 않게 눈물이 났습니다. 오십 분의 일 모형도 꼭 보러 가지요. 그러나 자네에게 감탄했다고 해서 지금 바로 오층탑을 짓는 일을 자네에게 맡기겠다는 그런 경솔한 말을 내가 독단적으로 할 수도 없으니 이것만은 명확히 해 두겠습니다. 결국, 부탁하든 안 하든 그것은 내가 아니라 공식적으로 간노지에서 연락을 드리지요. 어떻든 다행히도 오늘은 시간이 있으니까 자네가 만든 모형을 보고 싶네요. 지금 곧바로 자네 집으로 나를 데려가 주지 않으시겠소?"라고 조금도 허세를 부리지 않는 사람이 사리를 분명하게 거리낌없이 말을 하자, 주베는 만면에 웃음을 띠고는 쌀을 찧듯이 무턱대고 머리를 조아리며 "네, 네, 네."라고 대답했다.

그러다가 갑자기, "부탁을 들어주시는군요. 아아, 고맙습니다. 저의 집에 와주시겠다고요. 아니, 과분하십니다. 모형은 소생이 금방 가져오겠습니다. 잠시만 기다려주십시오."라는 말을 끝내자마자 대단했던 굼벵이도 희열이 지나쳐서 평소와는 달리 아주 큰절을 한번 푹 수구려 하고는 튀어나온 돌멩이에 발이 걸려 넘어지면서도 쉬지 않고 뛰어가 집에 도착해서는 마누라에게 돌아왔다는 말 한마디도 하지 않고 성급히 모형을 꺼내서는 사람을 불러 둘이서 숨을 헐레벌떡거리며 서둘러 간노지로 가져가서 큰스님 앞에 놔두고 돌아왔다.

큰스님이 이것을 자세히 보니까 일층에서 오층까지의 균형, 지붕 차양의 경사의 정도, 탑 허리의 높이, 서까래의 배당, 구륜(九輪)·청화(請花)·노반(露盤)·보주(寶珠)[61]의 양식까지 어디 하나 마음에 싫은 곳이 없고 한층 두드러지게 눈에 띄는 세공 솜씨. 이것이 저 서툴러 보이는 남자의 손으로 만든 것인가 하고 의심이 갈 정도로 정교하게 만들어져 있다.

큰스님은 혼자서 남몰래 한숨 쉬시고, 그만큼의 솜씨를 갖고 있으면서 허무하게 파묻혀서 이름도 알려지지 않은 채로 삶을 사는 사람도 있는 것이구나. 옆에서 보기에도 딱할 정도인데 하물며 당사자로서는 얼마나 억울한 일이겠는가. 아아, 할 수만 있다면 이런 사람에게 공을 세우게 해서 오랫동안 품어 온 소원이 어긋나지 않게 해주고 싶구나. 초목과 함께 썩어가는 인간의 몸은 원래부터 일시적인 존재에 지나지 않

61 구륜(九輪)·청화(請花)·노반(露盤)·보주(寶珠): 이 네 가지가 모두 오층탑의 가장 위에 붙은 금속제의 장식이다.

는 것이다. 설사 아낀다 해도 아낀 보람도 없고 머물게 하려고 해도 머물게 할 수도 없는 일이지만, 가령 목수의 길이 작은 것이라고 하더라도 거기에 진심을 쏟아서 목숨을 걸고, 욕심도 대개는 잊어버리고, 비열하고 더러운 생각도 하지 않고, 오로지 그저 끌을 잡고서는 잘 파는 것만을 생각하고, 대패를 쥐고는 잘 깎을 것만을 생각하는 마음의 존귀함은 금에도 은에도 비할 수 없다. 그런데 그 마음을 남길 아무런 흔적도 없이 무익하게 무덤 속에 묻혀서 저세상으로 가는 길의 선물로 가져가 버리게 하는 것을 생각하면 지극히 딱한 일이다. 뛰어난 말도 좋은 주인을 만나지 않으면 그 능력을 충분히 발휘할 수 없듯이 인간도 기회가 닿지 않으면 마음대로 일하지 못하는 그 슬픔은 인격 높은 사람이 이 세상에서 받아들여지지 않는 것에 대한 원망으로 말하자면 다를 데가 없는 것이다. 오냐오냐, 내가 우연히도 주베의 가슴속에 품은 값을 따질 수 없는 극히 귀중한 보석의 미광(微光)을 인정한 것이야말로 인연이로다. 이번 공사를 그에게 맡겨서 하다못해 작은 보답이라도 그의 성실한 마음에 얻게 해주고 싶다고 생각하셨다.

그런데 문득 마음에 짚이는 것은 가와고에의 겐타도 이 공사를 특별히 바라고 있던 터이고, 그에게는 본당 부엌 전각을 짓게 한 연고도 있고, 게다가 이미 사오일 전에 견적서까지 내서 나한테 보이기까지 했던 일이다. 솜씨는 그도 둔한 사람이 아니고 신용은 주베를 훨씬 넘어서고 있다. 하나의 일에 두 사람의 장인. 이 사람에게도 시키고 싶고, 저 사람에게도 시키고 싶구나. 어떻게 하면 좋을까? 큰스님도 역시 이것 때문에 망설이게 되셨다.

8

"내일 아침 여덟 시경까지 자신이 직접 본 절로 오시오. 전부터 그대가 일을 맡고 싶다고 부탁했던 오층탑에 대해서 큰스님이 직접 하실 말씀이 있으니까 의복 등에도 실례가 없도록 주의하고 출두하시오."라고 엄숙하게 말한 것은 말주변 좋은 게 자랑거리인 엔친(圓珍)으로 고춧가루를 마구 즐겨 먹었기 때문에 딸기코가 된, 익살스럽게 잡무처리를 하는 하급 승려.

여느 때 같으면 고춧가루 스님이라는 별명을 부르면서 농담을 나눌 사이지만 본당을 건립하는 동안 아침저녁 얼굴을 보고 지내면서부터 자연히 정들었던 친숙함도 이제는 흐려진 데다가, 사승(使僧)으로서의 위엄을 갖추고 있어 걸핏하면 엄지와 중지의 두 손가락으로 볼록 튀어나온 머리 꼭대기를 긁는 습관이 있는 손도 승복의 소매 속에 일부러 그럴 듯이 감추고 있으니까, 겐타도 삼가 경의를 표하면서 승낙했음을 머리를 숙이면서 대답했다.

그런데 약삭빠른 오키치(お吉)는 자기 남편을 이런 속물 같은 승려한테까지도 잘 보이려고 한 것인지, 돌아가려고 할 때 내놓은 채로 손도 안 댄 다과와 함께 얼만가를 싸서 꼭 가져가시라면서 가져가게 한 것은 생각해 보면 발칙한 보시 방법이다.

엔친은 주베의 집에 가서도 같은 말을 하고서 돌아갔는데, 다음날이 되자 겐타는 면도를 하고 무사처럼 머리를 깎아 올리고 의복을 차려입고서 오늘이야말로 큰스님께서 직접 나에게 일을 맡기시게 될 것이라고 단단히 벼르면서 부엌을 통해 가서 어느 방 한 칸에서 기다리면서 정좌하여 대기하고 있었다.

차린 모습이야 다르지만 주베도 마음속으로는 똑같은 의욕을 갖고 안내되는 대로 따라 들어가서 인기척이 없는 냉기가 이는 방 한 칸에 혼자서 우두커니 앉아 이제나 큰스님이 불러주실까? 오층탑 공사 일체를 자네에게 맡기겠다고 명령해 주실까? 혹은 또 나에게 맡기지 않으시고 겐타 형님에게 맡기기로 정하신 것을 나에게 말하기 위해서 부르신 것일까? 그렇다면 어떻게 할까? 그렇게 되면 떠오를 리 없이 묻혀 사는 내 몸이 장차 꽃필 희망조차도 영원히 없어질 것이다. 오직 바라건대 큰스님이 나의 모자람을 딱하게 여기시어 나에게 맡기시기를 바라면서 이 미터가 넘는 두 장의 당지(唐紙)에 금 봉황, 은 봉황이 날아다니는 그 금박 은박 무늬의 아름다움도 쳐다보지 않고 막연하게 어두운 길에서 뭔가를 찾듯이, 허무하게 상념을 허공에서 떠돌게 하면서 시간이 좀 지났을 때, 그 영리한 척하는 동자승이 나와서 "주지 스님[62]이 부르시니까 이쪽으로 오십시오." 하며 앞에 서서 안내하자 이젠 바라는 것이 이루어지든 안 이루어지든 결정되는 순간이구나 하고 이 모자라는 남자도 가슴을 설레면서 안내되는 대로 따라가서 어느 방 안으로 쑥 들어갔다.

그 순간 이쪽을 눈을 부릅뜨고 날카롭게 노려보며 눈에 노

62 주지 스님: 로엔쇼닌(朗圓上人), 즉 로엔 큰스님이다.

여움을 품고서 비스듬히 쏘아보는 것은 뜻하지도 않게 겐타한 사람으로 그 자리에는 큰스님은 그림자도 보이지 않는다.

의외의 일에 주베도 발을 멈추고 선 채 한마디도 않고서 서로 쏘아보았지만 어쩔 수 없이 다다미 두 장만을 사이에 두고 겨우 앉았다. 그러고는 힘없이 목을 떨구고 풀이 죽어서 울 것 같은 눈으로 무릎만 주시하는 데 비해서, 겐타로(源太郎)는 강아지를 내려다보는 무서운 독수리처럼 의기양양하게 대하면서 드높은 바위 위에 선 듯한 자세. 뱃속에 충분한 강인함을 품고서 등도 굽히지 않는데 어깨도 움츠리지 않고 아주 반듯하게 취하는 태도며 얼굴이며 두드러지게 눈에 띄는 남자다운 풍채. 만인이면 만인이 다 좋아하지 않을 수 없는 보기에도 아주 시원스럽고 기분 좋은 대장부이다.

그렇지만 세속의 견해에는 신경 쓰지 않는 아주 맑은 마음으로 이쪽저쪽을 다 사랑하며 외면적인 미추에는 전혀 상관하지 않는 큰스님이 도리어 어제까지는 어느 쪽으로도 결정하지 못했었는데 떠오르는 생각이 있었는지 오늘은 일부러 두 사람을 모두 불러내어 한방에서 기다리게 해 두었다. 그리고 지금 바로 조용히 거실을 나오셔서 발도 가볍게 다다미를 밟으시고 앞선 동자승이 미닫이문을 열자 그 뒤에서 가볍게 들어와서 자리에 앉으시니 두 사람은 공경하여 둘 다 똑같이 머리를 숙여 한동안 머리를 들지도 못했다.

그런데 아아 애처롭구나, 주베가 겨우겨우 들어 올린 얼굴에는 아직 세상 물정에 익숙지 않은 시골아이가 귀인 앞에 나온 듯이 수줍음을 타고는 얼굴이 빨개져서 몇 갈래의 이마 주름 사이에서는 땀이 배어 나오고 콧등에도 땀방울이 솟아나 있으니 겨드랑이 밑이 마치 비 오듯이 땀에 젖어 있으리라. 무릎 위에 올려놓은 뼈마디가 굵은 손가락은 마른 소나무 가지처럼 튼튼하게 생겼지만, 하나하나가 그조차도 부들부들 떨리면서 일심으로 오로지 큰스님의 한마디를 일생의 대사로 여기면서 기다리는 딱한 모습이여.

겐타도 묵묵히 말없이 귀를 기울이고 명을 기다린다. 어느 쪽이 어떻다고 구분할 수 없을 정도의 두 사람의 마음을 속속들이 다 아는 큰스님도 또 좀처럼 입을 열 실마리가 없어 잠시 조용했었는데 "겐타, 주베, 둘 다 듣게나. 이번에 세우기로 한 오층탑은 단 하나인데 세우겠다고 하는 것은 자네들 둘. 두 사람의 부탁을 양쪽 다 들어주고는 싶으나 그것은 원래부터 이루어질 수 없는 일. 한쪽에게 부탁하면 한쪽이 탄식할 테고, 그렇다고 누구로 정해서 맡겨야 한다고 하는 기준이 있는 것도 아니고, 사무를 보는 스님들이 결정할 수 있는 일이 아니지만 그렇다고 내가 결정할 수도 없는 일. 그러니 이 결정은 자네들의 상의에 맡기기로 하겠네. 난 상관없어. 자네들이 상의해서 정리하는 그대로 할 테니까 집에 돌아가서 잘 상의해 오게. 내가 할 말은 이것뿐이니까 그렇게 알고 돌아가도 되네. 자 확실히 말을 다 했으니 이젠 돌아가도 되네. 그런데 오늘은 나도 한가해서 심심하니 이야기 상대나 되어서 잠시 있어 주게. 속세의 소문 거리 등을 나에게 들려주지 않겠는가? 그 대신 나도 지난 이야기 중에서 재미있는 것을 둘 셋 어제 찾아낸 것을 이야기해 들려주겠네."라며 웃는 얼굴은 상냥하고, 친구를 만난 듯 두 사람을 대하는데 자, 무슨 이야기를 꺼낼 것인가?

9

동자승이 가져온 차를 큰스님이 손수 따르시면서 권하니 두 사람 다 과분하고 송구스러워하면서 받는다. "그렇게 사양하면 말이 서먹서먹해지고 남 같아서 이야기가 잘 안 되네.

자, 집어주진 않을 테니까 과자도 편하게 들게나.” 하며 과자상을 밀어주고 자기도 막사발 같은 찻잔을 들어서 목을 축이시고는 “재미있는 이야기라는 것도 속세를 떠난 우리에게는 그리 많은 것이 아니니까 요즈음 읽은 경전 중에서 ‘과연 그렇구나’ 하고 감동한 적이 있는 그런 이야기라네. 들어주게.”

“옛날 어느 곳에 사는 부자가 두 아이를 데리고 날씨가 한창 좋을 때 향기로운 꽃이 피고 부드러운 풀이 우거진 광야에서 즐겁게 놀고 있었는데, 초여름이어서 물은 거의 말라버렸지만 그래도 맑은 물이 흘러 흘러 물가를 씻으면서 흐르는 큰 강을 만나게 되었다네. 그 강 가운데에는 구슬 같은 작은 돌멩이나 은 같은 모래로 만들어져 있는 아름다운 섬이 있었기에 부자는 흥에 겨워서 한 길(一尋)[63] 정도가 되는 물의 흐름을 선뜻 뛰어넘어 여기저기를 둘러보니 섬 뒤쪽도 또 한 길 정도의 흐름으로 육지와 격리된 별천지. 속세의 비린내와는 완전히 동떨어진 청정의 땅이었기에 혼자서 환희에 차서 노닐고 있었는데, 건너려고 해도 건널 수 없는 두 아이가 부러워하며 불러 외치는 것을 딱하게 여겨 ‘너희

---

63 한길(一尋): 양손을 좌우로 펼친 정도의 길이로 약 6척(1.8미터)가 된다.

들이 올 수 없는 청정의 땅이지만 그렇게까지 오고 싶다면 건너오게 해줄 테니까 기다리고 있어라. 봐라, 봐라. 내 발 밑의 이 작은 돌은 하나하나 연꽃 모양을 한 이 세상에서도 신기한 작은 돌이다. 내 눈앞의 이 모래는 하나하나 오금(五金)[64]의 빛을 지닌 어디에도 비할 수 없는 아름다운 모래다' 라고 설명하니까 두 아이는 먼눈으로 그것을 보고는 드디어 서둘러서 건너려고 했는데 부자는 그들을 천천히 타이르면서 홍수가 났을 때 뿌리째 뽑힌 듯한 한 길 이상이나 되는 종려나무(棕櫚の樹)[65]를 걸쳐서 다리로 만들어 주었다네."

"그러나 내가 먼저 너는 나중에 하면서 형제가 싸워 괴롭힌 끝에 형은 형만이 있는 강한 힘으로 결국 동생을 내던지고 이긴 것에 자만하면서 서둘러 그 다리를 건너기 시작했다네. 그러나 겨우 중간 정도까지 도달했을 때 이번에는 동생이 일어나서 그 분한 마음에 힘을 잔뜩 주어서 다리를 흔드니까 형은 순식간에 물에 떨어져서 괴로워 발버둥치면서 섬에 도달했다네. 그런데 이때 동생이 이미 그 다리를 별 어

64 오금(五金): 금, 은, 동, 철, 납의 다섯 가지를 말한다.

65 종려나무(棕櫚の樹): 높이 3~5미터의 상록수이다.

려움 없이 다 건너온 것을 본 형도 그 다리 끝을 한바탕 흔들어대니까 원래 통나무로 된 다리였기에 동생도 여지없이 물에 떨어져서 간신히 부자가 서 있는 곳으로 젖은 물이 떨어지는 채로 기어 올라왔다네."

"그때 부자는 탄식하면서 너희들에게는 어떻게 보이느냐. 지금 너희들이 발을 내딛자마자 이 섬은 순식간에 전과 달리 작은 돌은 검고 흉해지고 모래는 누런 보통 모래가 되어버렸다. 봐라, 봐라. 어떤가? 하면서 일러주니까 두 아이는 그제야 놀라서 눈을 크게 뜨고 보니 아버지의 말씀에 조금도 다를 것이 없는 모래 돌멩이."

"아아 이런 것을 서로 가지려고 귀여운 동생을 괴롭혔던가? 존경하는 형을 빠뜨렸던가? 하면서 형제가 서로 부끄러워하며 슬퍼하여 동생의 소맷자락을 형이 짜주고 형의 옷자락을 동생이 짜주면서 서로 돌보고 위로했는데 그 다리를 또 끌고 와서 섬의 뒷면에 있는 물의 흐름 위에 걸쳐놓고 이미 이 섬에는 일이 없으니 이젠 저쪽에 놀러 가야겠다. 너희들이 먼저 이걸 건너라는 부자의 말에 형제는 서로 얼굴을 마주 보고 아까와는 달리 '형님이 먼저 건너세요, 동생이여, 먼저 건너도 좋다' 하면서 서로 양보했는데, 나이순으로 형이 먼저 건널 때 구르기 쉬운 곳을 염려하여 동생은 흔들리지 않게 끝을 꼭 누르고, 그다음에 동생이 건너니까 형도 또 흔들리지 않게 눌러 주었다네. 부자는 어렵지 않게 뛰어넘어서 셋이서 아주 한가롭게 천천히 걷던 중에 형이 뜻하지도 않게 주운 돌을 동생이 보니까 아름다운 연꽃 모양을 한 돌. 또 동생이 집어 올린 모래를 형이 보니까 눈부신 오금의 빛을 발하고 있기에 형제는 서로 기뻐하고 즐거워하여 서로 얻은 행복을 서로 깊이 찬미하였다네. 그때 부자는 주머니에서 진짜 옥으로 된 연꽃을 꺼내어 형에게 주고, 동생에게도 진짜 사금을 소맷자락에서 꺼내어 소중히 하라면서 주었다고 하네."

"말해버리면 어린애 속임수 같아도 불설(佛說)에 거짓은 없다네. 어린애 속임수는 결코 아니라네. 잘 음미해 보게. 멋진 이야기가 아닌가. 어떤가, 자네들도 재미있는가? 나는 아주 재미있는데."라고 가볍게 말씀하시지만, 마음 깊이 스며든다.

비유(譬喩) 방편(方便)[66]도 마음속에 와닿는 참된 것에서부터. 겐타, 주베 둘은 서로 얼굴을 마주 보며 망연자실했다.

66 비유(譬喩) 방편(方便): 두 가지 다 불설에서 흔히 이용된다. 이것은 중생을 부처님의 길로 이끌려는 방법이었다. 로엔 큰스님의 이 이야기도 겐타와 주베를 올바른 길로 이끌기 위함이다.

10

간노지에서 돌아오는 길. 반죽음이 된 주베가 굵은 실로 짠 싸구려 솜옷을 입은 소매를 맞대어 팔짱을 끼고는 무심코 걸으면서 생각에 잠겨 있다.

큰스님이 저렇게 말씀하신 것은 어느 쪽이든 한쪽이 얌전히 양보하라는 타이름의 수수께끼인 줄은 아무리 우둔한 나라도 알 수 있었지만 아아, 양보하고 싶지 않구나. 애써 성심껏 정성을 다해서, 제법 쌀쌀해져서 추울 텐데 그만 주무시라고 친절하게 하는 마누라의 보살핌까지도 잠자코 있어라, 귀찮다면서 호되게 꾸짖고 밤에도 자지 않고 연구에 연구를 거듭하여 이번에야말로 평생에 단 한 번 솜씨껏 뭔가를 세운다면 죽어도 한이 없다고까지 깊이 생각을 했었다. 그런데 슬프구나, 큰스님의 오늘 하신 타이름. 인간의 도리임에는 틀림이 없겠지만 이것을 양보하면 언제 또 오층탑이 세워진다고 하는 전망이 있는 것도 아니고, 평생 도저히 이 주베는 세상에 나설 수 없는 몸이란 말인가? 아아, 한심하구나, 원망스럽구나. 하늘이 원망스럽구나. 훌륭하신 큰스님의 자비는 충분히 알 수 있기에 조금도 고맙지 않게는 생각지 않지만, 아아, 이렇게도 저렇게도 안 되는 일이구나. 상대는 은혜를 입은 겐타 큰형님. 그쪽을 원망할 수도 없는 일. 이렇게 하든 저렇게 하든 순순히 이쪽이 물러서는 것밖에는 다른 대안이고 뭐고 없는 것일까? 아아, 없는 것일까? 그렇다고 해도 새삼 억울하구나. 어설피 이런 일을 생각지도 말고 나는 굼벵이니까 하면서 잠자코 있었더라면 이처럼 억울한 고민도 하지 않았을 것을. 분수를 잊은 내가 잘못했구나. 아아, 내가 나빴다, 내가 나빴어. 그렇지만 에이, 그렇지만 에이, 생각을 말자, 생각을 말아. 주베가 굼벵이로서 이 세상의 잘난 사람들의 웃음거리가 되어버리면 그걸로 끝나는 일이다. 지금까지 같이 살아온 마누라한테까지도 도무지 지혜가 없는 남편이라고 푸념이나 들으면서 꿈같이 살다가 꿈처럼 죽어버리면 그것으로 끝나는 일. 단념해버리고 나니 어이가 없구나. 정말 세상이 시시하구나. 너무나도 세상이 잔혹하구나. 이렇게 생각하는 것도 역시 푸념인가? 푸념일지도 모르지만, 너무 한심하구나. 전혀 부담 주지 않으면서 타이르신 큰스님의 그 말씀의 진실을 음미하면 어디까지나 깊으신 자비가 오장육부에 스며들어서 미련한 푸념 쪼가리도 안 나올 터인데. 다투는 두 사람을 어느 쪽도 상처를 입히지 않고 수습하시어 마지막 끝까지 모두 좋으라고, 형제 아이들을 빗대어 고상한 설경(說經)을 풀이해주셨으니, 잘 알도록 일러주신 그 이야기에 비해보면 원래부터 나는 동생이 될 터이고, 한층 더 남에게 양보하지 않으면 인간답지도 않은 것이 된다. '아아, 동생이란 괴로운 것이구나'라고 생각하면서 길도 잘 보지 않고 오로지 그 일만 생각하는 눈에는 눈물이 고여서 터덜터덜 무엇 하나 즐거움이 없는 자기 집으로 실에 끌려서 움직이는 나무 인형처럼 자신을 잊고 가는 도중. "이 바보 미친놈아, 남이 애써 빨아놓은 것에 뭐 하는 짓이야? 멍청한 놈!" 하면서 갑자기 물어뜯듯이 욕설을 퍼부어대며 울화통을 터뜨리는 소리에 간담이 써늘해져서 퍼뜩 정신을 차려보니, 상황이 확 바뀌어져서 세수통에 기대어 세워놓았던 빨래를 자신도 모르게 한발 두발 밟아서 짓밟아놓은 꼴사나운 모습.

엉덩방아를 찧으면서 놀라는데 "여우한테 홀린 녀석 같으니. 에이, 화가 치미네!"라는 억세고 힘센 오미(近江)의 오카네(お兼).[67] 얼굴은 어린이의 얼굴 윤곽에 삐뚤게 눈을 붙

67 * 오미(近江)의 오카네(お兼): 오미는 현재의 시가(滋賀)현인데, '오미의 오카네'는 오미(近江) 지방의 힘센 여자로, 에도시대에 유행한 나가우타(長唄)의 대표적 명곡에서 힘센 여자를 상징적으로 나타낸 것이다.

인 대표적인 추녀의 탈[68]을 쓴 듯한 얼굴로 보슈(房州)[69] 출신인 듯한 하녀의 분노. 주먹을 치켜들어 탁 때리고는 원숭이처럼 긴 팔을 펼쳐서 밀어제치니, 주베는 어쩔 수 없이 먼지투성이가 되어서 "네, 네. 여우에게 홀렸습니다, 용서하세요."라고 말하면서 악담 잡언을 듣고도 그냥 넘겨야 하는 아픔을 참으면서 도망쳐 달려 겨우 집에 도착했다.

"이제 오셨어요? 너무 늦기에 어찌 되었는가 걱정하고 있었어요. 왜 이렇게 먼지투성이가 되었어요?" 하면서 털려고 하는 것을 "상관 마."라는 한마디로 마음이 쓰이지 않는 듯이 부정한다. 그 얼굴을 들여다보는 마누라의 정말로 걱정하는 듯한 것을 보고 뭔지 모르게 몹시 슬퍼져서 지긋이 젖어오는 눈. 자기가 자기를 혼내듯이 "에이." 하고 괜히 소리를 지르고는 담배를 비틀면서 무심코 만지작거리기는 만지작거리지만 말 한마디 없다.

평소와는 다른 모습에 대충 그랬을 것이라고 짐작은 하지만, 그러나 위로할 방법도 없고 물어보는 게 좋을지 안 물어

---

68 추녀의 탈: 오카메(多福面)로, 둥근 얼굴에 광대뼈가 불거지고 코가 납작한 추녀(醜女)의 대표적인 탈이다.

69 보슈(房州): 아와노쿠니(安房國)의 별칭으로 현재의 지바(千葉)현이다.

보는 게 좋을지 마음에 걸리는 오늘의 결과에 대해 말문을 열고 물어보지도 못한다. 마누라는 그저 속을 썩이면서 부젓가락도 제대로 된 것이 없어 한쪽은 삼나무 젓가락으로 대신하는 부젓가락을 집어서 뜬 숯을 더 넣었다.

그런 해봤자 소용없는 화력을 믿고 질 주전자에 든 차를 데우고 있는 참에 놀러 나갔던 이노가 돌아와서 "야아, 아버지가 돌아오셨네. 아버지도 세우실 거죠? 나도 세웠어요. 이것 좀 보세요." 하며 아주 씩씩하게 장지문을 열고 잔뜩 칭찬받고 싶은 마음에 천진난만하게 싱긋 웃으면서 손가락질하여 보여주는 탑의 모형.

어머니는 속옷 소매를 깨물며 소리도 내지 않고 울기 시작하고, 주베는 눈물에 둥둥 뜰 것 같은 둥그런 눈알을 드러내고는 눈도 깜박이지 않고 쭉 노려보다가 "오오, 잘했다, 잘했다. 아주 잘 만들었다. 상을 줘야겠다. 핫하하하." 하며 목메어 웃는 소리 드높아 지붕의 용마루에까지 울려 퍼졌는데, 그대로 머리를 하늘로 쳐든 채 망연자실하여 "아아, 동생이란 괴롭구나."

11

격자문 여는 소리가 평소와 다름없이 상쾌하고 "오키치, 지금 돌아왔다." 하고 기운차게 올라오는 남편의 목소리를 듣자마자, 그동안 걱정이 되어서 둥그런 연기를 뿜어내며 피우던 담뱃대를 아주 귀찮은 듯이 내던지고는 서둘러 마중 나가 "많이 늦었잖아요."라고 말하면서 등 뒤로 돌아가서 겉옷을 벗겨 들고 선 채로 그것을 턱으로 거들어서 소매를 갠다. 그러고는 그것을 재빨리 구석에 그대로 놔두고는, 화로 옆으로 금방 또 돌아와서 금방 쇠주전자에 귀뚜라미 우는 소리를 나게 하면서 거리낌없이 책상다리로 앉아 있는 남자의 얼굴을 순간적으로 본다.

"햇볕은 따뜻해도 바람이 차서 도중에 너무 추웠지요? 술 한잔 곁들일까요?"라며 가려운 곳을 잘 긁는 그 손은 말하는 그사이에도 삐걱거리지 않고 상을 보아서 미쓰와절임(三輪漬)[70]엔 유자 향기가 그윽하고 무 간 것을 곁들인 연어알절임은 꾸밈없이 차려져 있으면서도 멋지게 신경을 썼다.

70 미쓰와절임(三輪漬): 소금에 절이는 것의 일종으로 유자를 넣어서 절이는 것 같다.

겐타는 가슴속으로 괴로움이 있지만, 그래도 조금은 이것으로 위로가 되어서 술잔을 받은 채로 두세 잔, 그리고 또 한 잔을 천천히 마시고 당신도 한 잔 하라면서 잔을 주니까 오키치는 한 모금 입을 대고는 내려놓았다. 그러고서 굽고 있던 김을 접어 자르고 금방 산코(三子)가 올 텐데 하면서 생선가게 이름을 혼잣말로 하고는 술잔을 돌려주고 술을 따랐다.

그런 후에 이젠 때가 됐다고 속으로 생각하니까 움직이는 혀도 부드러워져서 "그건 그렇고 오늘의 결과는 틀림없이 이쪽 것이 되었다고 생각하고는 있지만, 말해주지 않는 한은 쓸데없는 고생을 내가 하게 됩니다. 큰스님은 뭐라고 말씀하셨는지요? 또 그 굼벵이는 어떻게 되었는지요? 그리 심각한 얼굴로 무뚝뚝하게 앉아 있으면 걱정에 걱정이 되어서 어쩔 수가 없어요."라고 말을 꺼내자 겐타는 큰 웃음.

"걱정할 것은 없어. 자비심 깊으신 큰스님은 어떻든 나를 멋진 남자로 만들어 주실 거야. 하하하. 그렇지, 오키치. 동생을 귀여워하면 좋은 형이 아니겠는가? 배고픈 자에게는 자기가 좀 힘들더라도 밥을 나눠주지 않으면 안 될 때도 있어. 남이 무서울 것은 전혀 없지만 강한 것만이 남자는 아니지, 하하하. 꾹 참고서 무리해서라도 약해지는 것이 남자야.

암암, 훌륭한 남자지. 오층탑 건립은 명예로운 일. 그저 나 혼자서 아주 훌륭하게 천년이 지나도 부서지지 않는 명물을 많은 사람 눈에 남기고 싶지만, 남의 손도 지혜도 조금도 섞지 않고 가와고에의 겐타 솜씨만으로 남기고 싶지만, 아아 울화통이 터지는 것을 참는 것이 훌륭한 남자다 남자야. 과연 훌륭한 남자야. 큰스님께 거짓은 없다. 모처럼 희망찬 일의 반을 남에게 나눠주는 것은 곰곰이 생각할수록 화가 치밀지만, 아아 괴롭지만 훌륭한 형이다. 하하하, 오키치. 나는 굼벵이에게 반 나눠주고 둘이서 탑을 세우고자 하는데 그것은 훌륭한 약한 남자가 되겠지? 칭찬해라, 칭찬해. 당신이라도 칭찬해 주지 않으면 너무나도 의욕을 잃게 되는 이야기가 아닌가? 하하하."라면서 기쁜 듯한 얼굴도 하지 않고 의미 없이 목소리만 들떠서 웃어대니, 오키치는 남편 마음을 다 알 수가 없다.

"큰스님이 뭐라고 하셨는지 모르지만 나는 전혀 알 수가 없고 조금도 재미있지 않은 이야기. 벽창호 같은 저 굼벵이에게 반을 준다는 것은 또 무슨 뜻인가요? 평소의 당신 기질과도 어울리지 않아요. 줄 거면 미련 없이 모두 다 줘버리는 것이 좋고, 처음부터 우리가 할 생각이었으니까 필요 없는 도움을 청해서 한 사람의 목을 둘이서 베는 듯한 째째한 짓을 할 것도 없지 않습니까? 냉수로 씻은 듯한 시원하고 깨끗한 속마음을 갖고 있다고 남도 그렇게 말하고 자신도 항상 그렇게 말하던 당신이 오늘따라 뭐라 할 수 없는 애매한 분별. 여자인 내가 보아도 의지가 모자라는 흐물흐물한 생각. 칭찬할 수 없어요, 칭찬할 수 없어. 아무래도 도대체 칭찬할 수가 없어요. 그까짓 상대는 우리 은혜를 입는 굼벵이 녀석. 보통 때 같으면 우리 일을 몰래 앞질러 하는 낯 두꺼운 녀석이라고 고압적인 자세로 혼내서 찍소리도 못하게 하면 될 굼벵이 녀석을 그렇듯 응석을 받아주고 속 태워가며 연명으로 일을 해야 할 무슨 이유가 있겠어요? 후한 것만이 훌륭한 것인가요? 약한 것만이 멋진 남자인가요? 울화통이 터져서 나는 참을 수가 없어요. 뭣하면 내가 굼벵이 녀석한테 가서 제가 졌습니다고 단념하여 양손을 땅에 대고 빌게 하고 올까요?" 하고 말하면서 약삭빠른 체하며 남편을 생각해 주는 여자의 마음.

겐타는 듣고 있다가 비웃으며 "당신이 뭘 알겠는가? 내가 하는 대로 좋다고 생각하고 있기만 하면 그걸로 되는 것을."

12

툭 내던지듯이 정나미라고는 눈곱만큼도 없는 말 한마디로 입 다물고 있으라고 윽박질렀지만, 그 말을 따를 마음이 없는 오키치는 얼굴을 들고 무언가 말하고 싶은 듯했다. 그러나 자기보다도 곱절은 더 말을 듣지 않는 남편이 못하게 하는 것을 되밀치면서까지 뭔가 말해 봤자 기분을 상하게 하는 일은 있어도 말대답한 보람이 전혀 없는 것은 경험으로 알고 있어서 부부가 되어 같이 사는 사람에게 마음속을 털어놓고 상의해 주지 않는 남편을 원망스럽게 생각은 하면서도, 그럴 때는 영리한 여자의 분별이 빠른 법이다.

"뭐, 내가 나서서 여자가 주제넘게 참견을 하는 것은 아니지만 왠지 마음에 걸리는 일이라, 나도 모르게 상황이 듣고 싶어서 쓸데없는 일까지도 여자는 생각이 좁아서 참견해 버렸네요."라면서 자기가 진심으로 한 말을 일부러 아주 극히 가볍게 넘겨버렸다. 어디까지나 남편의 판단에 따르는 듯이 표면을 꾸미는 것도 약간은 남편의 마음속에 있는 어수선함을 덜어주고 싶어서 하는 진실.

이 말에 겐타도 화난 듯한 얼굴을 펴고 "무슨 일이든 모두가 운명이지. 이쪽의 마음만이라도 솔직하고 순수하게 갖고 있으면 또 무슨 좋은 일이 생기게 될 거라고 그렇게 생각해보면 굼벵이한테 반을 나눠주는 것도 오히려 기분이 좋아. 세상은 마음먹기에 따라서 지긋지긋하게도 되고 재미있게도 되는 것이기에 될 수 있는 대로 쩨쩨한 녹을 마음에 붙이지 말고 세상을 시원스럽고 깨끗하게 살기만 하면 그걸로 되는 거야."라고 말하면서 쭉 들이마시고는 그다음은 연극 이야기든가 제자들의 몸가짐에 대한 소문이라든가. 참으로 천진하고, 잡다한 이야기들을 안주 삼아 술도 지나치지 않을 정도로 기분 좋게 마시고, 비천한 모습이긴 하지만 부부가 겸상하여 사이좋게 밥을 다 먹고, 대충 이젠 주베가 올 때가 됐다면서 아무것도 하지 않고 기다리고 있었는데 시간은 허무하게 지나서 장지에 비친 햇볕이 한 척을 옮겨가도 나타나질 않고 두 척이나 옮겨가도 아직 나타나질 않는다.

'부디 저쪽에서 머리를 숙이고 몸을 웅크리면서 이쪽으로 상의하러 와서 제발 반이라도 일을 나눠주십사 하고 오늘의 큰 스님의 자애심 깊은 말씀을 믿고 울면서 부탁을 하면 들어줄 터인데 어째서 이렇게 늦는 것일까? 생각하다 단념하여 희망을 버리고 이젠 상의할 것도 없다고 혼자 집에서 죽치고 있는 것일까? 아니면 또 이쪽에서 가는 것을 기다리고 있는 것일까? 만약 이쪽에서 가는 것을 기다리고 있는 것이라면 너무 오만해진 것이 되는데 설마하니 그런 교만한 마음을 갖진 않겠지. 여느 때처럼 굼벵이로 마음을 느긋하게 갖는 것뿐이겠지만 그렇다 쳐도 성질이 느긋한 녀석 멍청해도 정도가 있어야지'라고 생각하면서 담배만 공연히 피우다가 겨울의 짧은 해도 기다리기엔 너무 길게 느껴졌는데 그마저 저물어서 까마귀 떼가 보금자리로 돌아갈 때가 되니까 역시 마음도 재미없어지고 이윽고 짜증이 나서 참을 수가 없게 되었다.

때마침 차려진 저녁상을 대하고는 그대로 조금만 젓가락질을 하고는 차마저 천천히는 마시지 않고 "오키치, 주베 녀석한테 잠깐 갔다 올게. 길이 어긋나서 내가 없을 때 오거든 기다리게 해."라는 말조차 가시 돋친 듯이 하고는 성이 나서 나가니 마음에는 걸리지만 어떻게 할 방법도 없이 마누라는 내보낸 뒤에 그저 한숨만 쉴 뿐이다.

13

술술 잘 열리지 않는 덧문 때문에 겐타는 한층 더 울화통이 터져 힘이 닿는 대로 탁탁 열어젖히고는 "주베, 집에 있는가." 하고 말하면서 불쑥 들어갔다.

목소리를 알고 있는 오나미(お浪)는 금방 누군지 알아차리고 지금은 은혜 입은 그 사람의 적이 된 주베와 같이 사는 처지라 낯짝을 대하기가 괴로워 여자 마음에 연약하게도 가슴을 두근거리면서 "어머, 어르신네."라고 단 한마디 저도 모르게 말이 나왔을 뿐 인사조차 허둥지둥. 당황하여 급한 나머지 다음 말도 채 잇지 못하는데 그을린 종이에 바늘구멍, 기름 밴 곳이 많은 사방 등의 작은 그림자 뒤에 풀이 죽어 앉아 있는 주베를 발견하고는 겐타가 쑥 들어가자 당황하여 화로 앞으로 청하는 기지가 없는 모습도 정직할 뿐 아직 이 세상을 터득하지 못한 모습이다.

주베는 졸지에 고개 숙여 인사만 하고 무겁게 입을 열어 "내일 아침 찾아뵈려고 생각하고 있었습니다."라고 말하니까 힐끗 내리뜬 눈으로 그 얼굴을 쏘아보고는 일부러 태연해지는 겐타.

"오오, 그쪽은 그럴 마음가짐이었구나. 이쪽은 여느 때처럼 성질이 급했기에 지금까지 기다리고 있었는데 도대체 언제나 돼서 자네가 올지 모를 것 같아 일부러 찾아올 만큼 바보였구나, 하하하. 그런데 주베, 자네는 오늘 하신 큰스님의 그 말씀을 어떻게 생각하며 들었는가. 둘이서 차근차근 깊이 상의해 오라고 말씀하신 끝에 하신 부자의 두 아이 이야기. 그것 때문에 일부러 상의하러 왔는데 자네도 이미 대충 분별은 해 놓았겠지? 나도 몹시 불끈하는 성질이지만 알고 보면 그 비유하신 말씀대로 서로 화를 내는 것은 전혀 쓸데없는 일. 절대로 서로 적도 아닌데 나도 염치없는 말만 하지는 않겠네. 결국은 서로가 깊이 심사숙고해서 같이 낸 결정이 필요한 거니까 내 욕심은 완전히 접어 두고 생각을 정리해서 왔지만 역시 자네의 생각도 딴마음이 없는 것을 듣고 싶고, 게다가 또 어떻게 되든 간에 나도 남자가 아닌가? 더러운 계략을 마음속에 품지는 않겠네. 정말로 이렇게 생각하고 온 것이라네."라며 말을 잠시 멈추고 주베의 얼굴을 보니까 고개를 숙인 채로 그저 "네, 네."라고 대답만 할 뿐, 흐트러진 머릿속에 대여섯의 흰머리가 순식간에 사방 등의 빛을 받아서 언뜻언뜻 보일 뿐이다.

오나미는 이미 잠든 이노스케(猪の助)의 머리맡에 그대로 앉아서 숨조차 쉬지 않는 듯 이쪽도 또 조용해진 채 쓸쓸하기 짝이 없다. 오히려 멀리서 팔러 다니는 냄비 우동 장수의 손님 부르는 소리가 희미하게 밖에서부터 집안으로 스며들어 올 정도이다.

겐타는 드디어 마음을 가라앉히고 부드러운 말투로 설득하기 시작한다. "자, 이젠 사양하지도 않고 체면도 따지지 않고 내 쪽에서 털어놓겠는데, 어떻게든 주베, 이렇게 하지 않겠나? 모처럼 자네도 희망을 걸고 통쾌하리만큼 명예로운 일을 하여 가지고 있는 훌륭한 솜씨가 빛을 보도록 하고 싶겠지? 물론 그것은 욕심이 아닌 직업인으로서의 본래의 장인 정신을 멋지게 발휘하는 일이고, 훗날에 주베라는 남자의 생각이며 솜씨를 남들이 보고 알도록 남길 작정이겠지. 다 짐작이 되고 나도 그것은 마찬가지라네. 또 늘 만들 수 있는 건축물도 아니고 이번에 놓치면 평생에 또 이런 기회를 만날 수 있을지 알 수 없는 일이기에 이 겐타는 겐타대로 생각이며 솜씨를 꼭 남기고 싶은 거야. 나 자신을 위해서 구실을 만들어 댄다면 나는 말하자면 간노지에 출입이 있었고 자네는 아무런 연고도 없지 않았는가? 내가 먼저고 자네는 나중이라네. 나는 부탁받아서 견적까지 뽑았는데 자네는 부탁받은 것이 아니지 않은가? 남이 보더라도 또 나는 일을 맡기에 어울리고 자네 정도로는 어울리지 않는다고 누구라도 비난할 걸세. 그렇다고 해서 내가 구실을 나한테 유리하게 하자는 것은 아닐세. 세상을 내 편으로 만들자는 것도 아닐세. 자네가 솜씨가 있으면서도 불행히 살고 있다는 것도 알고 있네. 자네가 평소에 박복한 것을 입 밖으로 내진 않아도 마음속으로는 얼마나 울고 있는지도 알고 있네. 내가 자네 입장이라면 참을 수 없을 만큼 슬픈 일생이랄 것도 알고 있네. 그래서 작년 재작년 별것 아니긴 하지만 될 수 있는 한 보살펴 주려고 내 나름대로 최선을 다했다네. 그러나 은혜를 내세우려고 한다고는 생각하지 말게. 큰스님도 자네의 깨끗한 마음속을 다 꿰뚫어 보시니까 자네의 박복함을 딱하다고 생각하시어 오늘 같은 설교를 하신 걸세. 나도 자네가 욕심 따위로 반대편으로 돌아서는 녀석이라면 남의 일에 방해를 하는 건방진 죽일 놈이라고 단칼에 머리를 내리치지 않고는 못 배길 텐데. 곰곰이 자네의 처지를 생각하면 차라리 일도 줘버리고 싶을 정도의 마음이 들 정도라네. 그렇다고는 하지만 나도 욕심은 버릴 수가 없네. 그 일은 참말이지 무슨 일이 있어도 하고 싶네. 그래서 주베, 들어도 받아들이기 힘들고 말해도 거절하기 힘든 의논인데 실은 이렇게 하면 어떻겠는가? 참고서 승낙해 주게. 오층탑은 둘이서 세우세. 나를 주로 하고 자네는 성에 안 차겠지만 부를 맡아서 힘을 빌려주지 않겠는가? 마음에 안 들겠지만, 정말 싫겠지만 겐타가 부탁하네. 들어주지 않겠는가? 부탁이네, 부탁이네, 부탁하는 걸세. 아무 말도 하지 않는 것은 들어주지 않겠다는 건가? 부인도 내가 말하는 것을 알아들었다면 좀 말을 거들어서 들어주게 해주지 않으시겠는가?"라면서 이미 눈물까지 흘리는 마누라한테까지 부탁한다.

"오오, 어르신네. 정말 고맙습니다. 어디에 이렇게 친절하게 상의까지 해주시는 분이 또 있겠어요. 왜 인사말을 하지 않는 거예요?"라면서 왼쪽 소맷자락을 이슬비에 젖은 듯이 눈물로 무겁게 하면서 남편의 무릎을 오른손으로 흔들어대며 설득하려 하지만 아까부터 아무 말도 하지 않는 불상이 된 주베는 뭐라고도 아직 말 한마디 하지 않는다.

두 번 세 번 설득하지만 그래도 아무 말을 하지 않았었는데 드디어 수그리고 있던 목을 들어 "아무래도 주베 그렇게 하는 것은 싫습니다."라고 무뚝뚝하게 내뱉는 한마디. 충격을 받아서 놀라는 마누라. "뭐라고?" 세차고 날카롭게 한마디. 고개를 돌리는 순간. 화가 난 눈으로 굼벵이를 정면에서부터 내려보는 겐타.

14

인정이라는 아름다운 꽃도 잃지 않고 의리라는 반듯한 줄기도 확연히 세우면서 보통사람들은 할 수 없을 친절한 상의도 적잖은 진심이 있었기에 겐타는 그렇게 말한 것인데 아무리 무뚝뚝한 성질이 한 대답이라고 해도 "주베는 싫습니다."라고 말한 것은 너무한 인사. 남의 인정을 전혀 헤아릴 줄 모르는 흙 인형일지라도 그렇게는 말하지 않을 텐데. 이렇게까지 말이 나오고 보니 원망스러울 만큼 무례하고 분할 만큼 무분별한 사람. 어째서 남편은 그렇게까지 터무니없는 생각을 하는 걸까? 오나미는 기가 막히기도 하고 놀라기도 해서 자기 몸이 갑자기 기름 짜는 나무틀에 넣어져서 짜이는 듯한 마음이 들었다.

자신도 모르게 남편에게 다가가서 "그건 또 무슨 말이에요? 어르신네가 저렇게까지 이것저것 모두를 위해서 생각하시고 볼품도 없는 우리를 한발로 걷어차 버리듯 무시해버릴 수도 있는데. 우리에게 보통 이상의 인정을 베풀어 주시고 자기 혼자서 하시고 싶은 일까지도 나눠주겠다, 반을 하게 해주겠다면서 뼈저리게 느껴질 정도로 친절한 의논. 게다가 불러들여서 말씀하시는 것도 아니고 방석조차 드릴 수 없는 이곳에 일부러 오셔서 하시는 말씀. 그것을 헛되이 해서는 송구스럽지요. '주베는 싫습니다'라는 말은 더할 나위 없이 건방지고 지나친 방자. 어르신네의 친절함을 모르는 것은 아닐 텐데. 탐욕스러운 것도 건방진 것도 대개는 정도가 있는 법. 지금 내가 입고 있는 이것도 작년 겨울 초에 입은 겹옷이 추워 보이는 것을 딱하게 여기시고 오키치 님이 고쳐서 입으라고 주셨던 것이라는 것이 당신 눈에는 안 보이는가요? 보통 이상의 은혜를 입고 있으면서 어르신네의 반대편에 돌아서는 일이 있어도 그것을 건방지다 아니꼽다고도 은혜도 모른다고도 말씀하시지 않고 어디까지나 약한 자를 감싸주는 아주 인자하신 분인데, 그것을 믿고 매달리지 않고 한마디로 싫다고 하다니 가령 진심으로 싫다고 하더라도 그것이 어디 생각이 있는 인간의 입으로 할 수 있는 말입니까? 어르신네에 대한 면목도 오키치 님에 대한 마음도 충분히 잘 생각하세요. 나는 이제 지금부터 무슨 낯짝으로 뻔뻔스럽게 오키치 님을 뵐 수 있겠어요? 어르신네는 마음이 넓으셔서 그래 주베 부부는 사리 구별도 못 하는 어리석은 녀석들이니 어쩔 수가 없겠다고 뭐라고 개의치 않으시고 그대로 그저 내버려두실지도 모르지만, 세상은 당신을 뭐라고 할까요? '은혜도 모르는 놈. 의리도 모르는 놈. 인정을 모르는 짐승 같은 녀석. 저놈은 개야 까마귀야'라면서 모든 사람이 손 따돌림 할 것은 뻔한 일. 개나 까마귀가 되어서 일을 했다고 한들 무슨 공적? 욕심을 부리지 마라, 안달하지 마라면서 항상 나를 타이르던 자기 말에 대해서도 부끄러운 생각이 안 드시나요? 제발 솔직하게 어르신네의 의견을 따르세요. 하늘을 찌르는 쇼운탑(生雲塔)[71]은 누구누구 둘이서 만들었다고 어르신네와 같이 어깨를 나란히 하고 세상에서도 그렇게 말해주면 당신이 고생한 보람도 있고 어르신네의 고마운 마음도 알게 된다고 하는 이치이니 나도 얼마나 기쁘고 좋겠어요? 만약 그렇게 된다면 부족함을 약

71 쇼운탑(生雲塔): 오층탑의 이름으로 하늘 높이 우뚝 솟아 있어서 그렇게 명명한 것 같다.

으로 쓰고 싶어도 쓸 수 없을 텐데. 당신은 악마에게 홀려서 그것을 아직도 부족하다고 생각하시는 건가요? 아아 한심하군요. 내가 말하지 않아도 알고 있을 당신의 분수. 그 분수를 잊으셨나요?" 하며 우는 소리로 불평을 털어놓는 마누라는 머리를 나지막이 수그리고, 틀어 올린 머리에 꽂은 바늘구멍에 물려 있는 한 가닥의 실이 흔들흔들 흔들리는 것으로도 천 갈래 만 갈래로 찢어진 마음을 알 수 있어 더욱더 애처롭다.

눈을 감고 있던 주베는 그때 평상시의 탁한 목소리로 "시끄럽다, 오나미. 잠자코 있어라. 말하는 데 방해된다. 큰형님, 들어주세요."

15

생각하다가 격분한 탓일까? 부들부들 떨리기 시작하는 무릎을 꽉 맞추고 앉아 그 위에 양손을 굳게 뻗쳐대고 몸을 굳히고 있는 주베는 "한심합니다, 큰형님. 둘이서 하자니 한심해요. 주베에게 일을 반 양보해 주겠다는 것은 자비스러운 것 같으면서도 한심해서 싫습니다. 싫습니다. 탑을 세우고 싶은 마음은 산더미 같지만 이미 주베는 단념했습니다. 큰스님의 설교를 듣고 돌아오는 길에 깨끗이 단념했습니다. 분수에도 없는 것을 생각한 것이 잘못이었지요. 아아, 내가 바보였습니다. 굼벵이는 어디까지나 굼벵이로 바보 취급만 당하고 있으면 그걸로 되는 것. 하수구의 널빤지라도 두드리면서 평생을 마치지요. 큰형님, 용서해 주세요. 제가 잘못했어요. 탑을 세우겠다고는 이젠 말하지 않을게요. 알지도 못하는 남도 아니고 은혜를 입은 큰형님이 혼자서 멋지게 세우는 것을 멀리서나마 보고 기뻐하지요."라며 기운 없이 말하기 시작한다.

겐타도 천천히 듣고 있지만은 않고 몸을 앞으로 쑥 내밀어 "바보 같은 소리 말게, 주베. 너무 도리를 모르는구나. 큰스님의 설교는 자네 혼자만 들으라고 해서 말씀하신 것은 아니네. 내 귀에도 넣어 주시지 않았는가? 자네가 각오하고 들었다면 나도 감동하며 들었다네. 자네 혼자서 무거운 짐을 짊어지고 그렇게 가라앉아 버려서야 겐타가 남자가 될 수 있겠는가? 쓸데없는 생각으로 이 일에서 손을 떼고 그냥 바보처럼 가만있으면 된다니 별로 잘 분별한 것 같지 않아

당연하다고는 할 수 없을 거네. 마침 그렇다고 내가 하겠다고 기다리고 있었던 듯이 맡아버린다면 큰스님께도 부끄러운 일이고, 그보다도 먼저 겐타가 모처럼 갈고닦은 남자로서의 명성도 거기서 썩어버릴 뿐 아니라 자네는 아예 안 한 것만 못할 텐데 지혜가 없다고 해도 정도가 있지. 그렇게까지 해서 둘에게 무슨 좋은 일이 있겠는가? 그러니까 멋지게 둘이서 일을 하자는 거 아닌가? 둘이서 좀 서먹서먹한 일이 있더라도 그것은 자네가 마음에 안 찰 정도니까 나한테도 재미없는 일인 줄은 서로가 다 아는 것 아닌가? 서로 참기로 하면 못 참지는 않을 일이네. 뭐 일부러 고생해서 자네가 바보가 되어버려서 며칠 동안의 걱정을 연기처럼 날려 보내고 눈부신 솜씨를 재워 죽일 필요는 없는 것 아닌가? 안 그런가, 주베. 내가 하는 말이 이해되면 생각을 완전히 바꾸게. 겐타는 무리한 말은 안 하고 있다고 생각하네. 이보게, 왜 입을 다물고 있는가? 부족한가? 승낙할 수 없는가? 승낙해 주지는 않겠는가? 에이, 내 생각을 아직 이해하지 못하는 건가? 주베, 너무 한심하지 않은가? 뭐라고 말 좀 하게. 승낙하지 않는 건가 승낙할 수 없는 건가? 에이, 한심하네. 입을 다물고 있으니 알 수가 없네. 내가 말하는 게 도리에 어긋났나,

아니면 부족해서 화가 났는가?" 하며 의리에는 강하지만 인정에는 약하고 의지도 세워야 하지만 친절함도 어디까지나 베풀어야 하는 에도 토박이의 도량[72]을 가진 겐타가 상냥하게 물어대니 듣고 있는 오나미는 기쁜 마음이 뼛속 깊이 스며든다.

'어르신네, 아아, 고맙습니다'라고 입 밖으로 말하진 않지만, 혀보다도 진실을 말하는 눈물이 넘치는 눈으로 대답하지 않는 남편 쪽을 신경 쓰면서 보니까 남자는 한치도 움직이지 않으면서 말없이 생각에 잠긴 머리를 무겁게 숙이고 뚝뚝 무릎 위에 떨어지는 눈물로 말을 대신하고 있다.

겐타도 지금은 아무 말도 하지 않은 채 잠시 혼자서 생각하고 있었는데, "주베, 자네는 아직도 이해가 안 되는가? 아니면 부족하다고 생각하는 건가? 물론 모처럼 원한 것을 둘이서 하는 것은 억울할 테지. 게다가 겐타를 주로하고 자네가 부를 하는 것은 억울할 테지. 그렇다면 에이 져 줄게, 이렇게 해줄게. 겐타가 부를 해도 좋다. 자네를 주로 해줄 테

72 ** 에도 토박이의 도량: '에돗코바라(江戸っ子腹)'로, 에돗코는 에도에서 태어나 에도에서 자란 사람으로 남자답고 의리가 있는 사람을 말하는 한편으로 경솔하고 위세만 부리는 사람을 말할 때도 있는데, 여기에서는 전자를 말하고 있다.

니. 자, 자 깨끗하게 승낙하고 둘이서 하자고 합의하세."라며 자기 희망을 무리하게 접어두고 과감히 말한다.

"당… 당치도 않습니다, 큰형님. 가령 주베가 미쳤다고 해도 어떻게 그렇게 할 수 있겠습니까? 죄스럽지요."라고 당황하여 말하니 "그렇다면 내 의견에 따르겠는가?"라고 단 한마디로 되물으니 "그건." 하고 말문이 막히는 것을 또 쫓아가서 "자네를 주로 해줄게. 아니면 그것도 부족한가?"라고 세차게 물으며 정도를 넘어버린다.

옆에서 보는 마누라의 마음도 애달아서 "어르신네의 의견에 왜 빨리 따르지 않으세요?" 하면서 비난하듯이 원망을 늘어놓으며 안절부절못하고 말하며 권하니 주베는 드디어 궁지에 몰렸다.

그리고는 숙이고 있던 머리를 천천히 들어 올려 둥그런 눈알을 들어내고는 "하나의 일을 둘이서 하는 것은 만약에 주베가 주가 되든 부가 되든 싫습니다. 무슨 일이 있어도 그렇게는 할 수 없습니다. 큰형님 혼자서 세우십시오. 나는 바보로 끝나겠습니다."라고 한다.

그것을 끝까지 다 말하게 놔두지도 않고 겐타는 화가 나서 "이렇게까지 사리를 분별해서 말하는 나의 친절을 저버리면서까지 말인가?", "네, 고맙기는 하지만 거짓은 말하지 않습니다. 싫습니다, 할 수 없습니다.", "너 말 잘했다. 겐타가 하는 말에 무슨 일이 있어도 따르지 않겠다는 거구나.", "어쩔 수 없는 일입니다.", "그래, 잘 기억해 둬라, 이 굼벵이 녀석. 남의 인정도 모르는 녀석. 그런 말을 할 수 있는 처지냐. 이젠 너와는 말도 하지 않겠다. 평생 하수구라도 뒤지면서 살아라. 오층탑은 안됐지만 너한테 손가락 끄트머리도 못 대게 할 거다. 겐타 혼자서 훌륭히 세울 거다. 그럼 내 공덕에 점수나 매겨라."

16

"네, 고맙습니다. 실컷 취했습니다. 이젠 못 마시겠습니다." 하고 겉치레로 하는 사양은 시끄러울 정도로 하면서도 술잔을 든 손을 뒤로 빼지는 않는 것이 우스운 술주정뱅이의 버릇.

세이키치는 이미 얻어먹은 술에 충분히 취해 있으면서도 겸손하게 조금은 제정신을 남기고서 새삼스러운 듯이 하고 앉아서 "큰형님이 안 계실 때 이렇게 고주망태가 되어서야 되겠습니까? 형수님을 상대로 술을 마시면서 초저녁부터 몸을 비틀거려서는 안 되니까요. 아하하 굉장히 기분이 좋아지기 시작했어요. 이젠 가보겠어요. 흥겨운 나머지 도를 지나치면 큰형님한테 혼쭐이 날 테니까요. 그렇지만 형수님 우리 큰형님한테는 혼쭐이 나도 나는 기쁘게 생각하고 있어요. 뭐 형수님 앞이라고 해서 알랑거리는 것이 아니고요. 정말로 우리 큰형님에게는 찻주머니[73]보다도 고맙게 생각하고 있어요. 언젠가 료운인(凌雲院)에서 일했을 적에 데쓰(鐵)나게이(慶)를 상대로 해서 별것 아닌 일로 싸움을 시작해서 데쓰의 어깨가 크게 다친 일이 있었어요. 그러고 나서 데쓰의 부모가 울며 호소했을 때, 아아 잘못했구나, 정말 잘못했구나 하고 후회해 봤자 이쪽도 가난해서 어떻게도 해 줄 수가 없으니까 고민 고민하던 끝에 도망이라도 갈까 생각하고 있었어요. 그런데 말없이 큰형님이 치료해 주신 데다가 조금도 꾸중 같은 것도 저에게 안 하시고 그저 부드럽게 세이야, 너 싸움은 순간적인 일로 어쩔 수는 없지만 안됐다고 생각

73 찻주머니: '차부쿠로(茶袋)'로, 어머니를 '오후쿠로'라고도 부르는데, 발음이 비슷한 탓에 빗대어서 하는 말이다.

한다면 빌어라. 그래야 데쓰의 부모님의 마음도 좋을 테고 너도 뒷맛이 개운할 것이라고 충고해 주셨을 때는 아아, 어째서 이렇게까지 인정이 깊으실까 하고 고맙고 고마워서 나는 울었습니다. 데쓰에게 빌어야 할 이유는 없었지만 형님의 말 한마디 덕분에 참고 나도 빌러 갔었어요. 그런데 그러고서 이상하게도 언제부터랄 것도 없이 데쓰하고는 사이가 좋아져서 지금은 어느 쪽에서든 만약에 먼저 죽는 일이라도 있으면 유골을 수습해 주겠다 수습해 달라고까지 할 정도로 가까운 사이가 된 것도 모두 큰형님 덕분입니다.

거기에 비하면 찻주머니는 무턱대고 잔소리만 할 뿐, 그저 싸우지 마라, 놀지 마라는 등 쓸데없는 것을 그저 귀찮게 귓전에서 투덜거립니다. 하하하 아니, 아니 뭐 말이 되질 않습니다. 네, 찻주머니란 어머니를 말하는 겁니다. 뭐 심한 말은 아니에요. 찻주머니로 충분합니다. 게다가 아주 씁쓸한 찻주머니지요. 앗하하하, 고맙습니다. 이젠 돌아가겠습니다. 아니 또 한 병 받아 놨으니까 마시고 가라고 말씀하시는 겁니까? 아아, 고맙습니다. 찻주머니 같으면 제가 한 병 더 달라고 하면 오히려 이젠 그만하라고 말합니다. 아아 기분이 좋아졌습니다. 노래를 부르고 싶어졌어요. 노래할 수 있느냐고 하시다니 한심하군요. 소나무 이름을 있는 대로 다 넣어서 부른 노래[74]는 그 여자가 칭찬할 정도예요."라고 분별없이 천진난만하게 말을 하니 오키치도 웃으면서 "슬슬 나오는 주책없는 사랑 이야기는 무서운데."라는 등 놀리는 차에 돌아온 겐타.

"오오, 마침 잘됐다. 세이키치가 있었구나. 오키치, 마시자고. 산이야, 상 차려라. 세이키치, 오늘 밤엔 실컷 취해서 곤드라져라. 굵고 거친 목소리로 부르는 소나무 이름을 다 댄 노래라도 들어줄게.", "여, 큰형님 엿듣고 계셨군요."

17

세이키치는 취하면 나사가 풀린 듯이 느슨해지는 스타일로 스스럼없는 겐타의 말투며 싹싹하게 잘 다루는 오키치의 접대에 어느샌가 사양하는 것도 잊어버리고 따라 주는 대로 거절하지 않고 다 받아서는 술잔을 싹 비운다. 그 술잔이 쌓

74 소나무 이름을 있는 대로 다 넣어서 부른 노래: '마쓰즈쿠시(松づくし)'로 여러 가지 소나무 종류를 들어서 노래 형태로 읊은 노래.

여갈수록 평소에도 이쁘던 붉은 얼굴이 한층 더 윤이 나고 싱싱하게 되면서 열매가 잘 익은 에도꽈리처럼 붉어져서 죄 없이 천진난만한 큰 웃음이며 상대가 없는 괜한 허세를 부리면서 같은 또래의 이 사람과 저 사람의 소문에 떠도는 이야기. 자기 목소리가 어디 어디에서 갈채를 받았는가 하는 자랑. 뺏길 수 없다, 빼앗겠다면서 서로 다툰 끝에 어떤 가게에서 사자 얼굴이 달린 화로를 훔쳐내려다가 친구인 센(仙) 녀석이 큰 실수를 한 이야기. 동네 깡패를 때린 이야기 등 말 나오는 대로 우쭐대면서 이 이야기에서 저 이야기로 지껄여댄다.

그러다가 갑자기 굼벵이 이야기로 불꽃이 튀니까 개개 풀어져 있던 눈을 갑자기 휘둥그렇게 뜨고 구불텅하게 휘어져 있던 어깨를 세우고는 차갑게 다 식은 술을 입술을 이상한 모양으로 둥그렇게 하면서 마셔버리고는 "도대체 그런 녀석을 큰형님이 이뻐한다는 것이 나는 처음부터 이해가 안 갑니다. 일이라면 바보처럼 그저 정중하게 할 뿐 전혀 일이 진척되질 않고 기둥 하나 문턱 하나 만드는 데 거짓말 쪼금 보태면 대패를 세 번씩이나 가는 느려터진 녀석이고, 뭘 하나 부탁해도 시간 맞춰 한 적이 없어요. 그러니까 적송으로 화로의 테두리 하나 만드는 데 삼일씩이나 시간이 걸린다고 하는 것은 대개 그런 녀석들일 것이라며 센이 비웃는 것도 무리는 아니지요. 그런 걸 큰형님이 역성을 들어주시니까 솔직히 말씀드려서 한때 죄송하지만, 저도 긴(金)도 센도 로쿠(六)도 큰형님의 마음이 너무 지나치게 크셔서 별것도 아닌 것을 지나치게 감싸주고 계신 것이 아닌가? 공들이는 것만으로 마음에 든다면 우리도 지금부터는 벽에 붙이는 널빤지 하나에도 마무리 대패질을 느릿느릿 아주 깨끗하게 해서 바둑판의 표면처럼 보들보들하게 깎아 볼까 하고 비뚤어진 말을 한 적도 있었습니다. 첫째로 저 녀석은 교제하는 것도 모르고 여자 한번 같이 사 본 적이 없고 싸움닭 전골도 같이 먹어본 적이 없는 벽창호예요. 언젠가 가와사키(川崎) 대사[75]에 다 같이 갔을 때 큰형님 둘레에 붙어사는 사람을 한 명만 따돌려서는 안 된다고 내가 친절하게 불러줬더니 나는 가난해서 갈 수 없다고 한마디 말로 인사를 끝내더라고요. 너무나 정나미도 의리도 전연 모르는 태도 아니겠어요? 돈이 없으면 마누라의 하나밖에 없는 외출복이라도 전당포에 잡혀

75 가와사키(川崎) 대사: 고보다이시(弘法大師: 진언종眞言宗의 개조開祖인 구카이空海의 시호)를 제사 지내는 절이다.

서 교제는 교제대로 해야 하는 것이 친구 사귀는 것인데, 그것도 모르는 등신 같은 주제에 점점 더 큰형님의 은혜를 받아서는 나나 긴과 똑같이 지금은 어떻게든 독립해 있잖아요. 게다가 이래 봬도 아직 누런 코 흘릴 적부터 도시락 나르기를 맡아 하고 나무 조각을 짊어지고는 비틀거리며 집에 돌아가던 어릴 적부터 큰형님 밑에 붙어 있던 나나 센과는 달라서 녀석은 떠돌아다니던 놈. 경과를 말하면 우리보다 한층 더 큰형님을 고맙고 과분하게 해주셨다고 생각하지 않으면 안 될 터인데. 큰형님, 형수님, 나는 슬퍼졌습니다. 만약에 무슨 일이 있다면 나는 큰형님이나 형수님을 위해서라면 검은 연기가 솟아나는 불 속에라도 뛰어들 각오가 되어 있는데. 아아, 한심한 녀석. 굼벵이 녀석. 그 녀석은 불 속에는 은혜를 짊어지고도 들어갈 수 없을 거예요. 제대로 된 근성은 갖고 있지도 않을 거예요. 아아, 정나미 떨어지는 짐승 같은 녀석이에요."라며 취한 것을 견디지 못하고 내뱉은 불평 속에 파묻혀서 훌쩍훌쩍 울기 시작한다.

오키치는 남편 얼굴을 보고는 언제나 그랬듯이 술 취하면 우는 버릇이 또 나왔는가보다라고 곤란해하는 인상을 지으면서도 자기 마음속에도 굼벵이에 대한 미워하는 마음이 있으니까 얼만큼은 세이의 말이 이치에 맞는다고 생각하며 듣고 있는 것도 틀림없이 있다.

겐타는 마음의 문단속을 못 할 만큼 어리석질 않기 때문에[76] 술잔을 들이대며 큰소리로 웃어대고는 "무슨 말을 시작한 거냐, 세이키치. 잠꼬대하지 마라, 내 앞이야. 눈물로 북돋아도 소용없어. 그 수작으로 여자라도 꼬셔봐라. 금방 너한테 반할 거다. 여기는 네가 주책을 부리던 작은 나비 아가씨의 방이 아니야. 앗하하하." 하며 장난스러운 말을 걸어댄다.

그러자 더욱더 진지하게 닭똥 같은 눈물을 닦은 그 손을 철떡 회 접시 속에 집어넣고 흑흑 흐느끼고 또 흐느끼면서 울어대더니 "아아, 한심한 큰형님. 나를 술주정뱅이 취급을 하시다니 한심하군요. 취하지 않았어요. 작은 나비 같은 것은 먹지도 않아요. 그러고 보니 그놈의 얼굴이 어딘가 굼벵이를 닮은 것 같아 억울하고 한심해요. 굼벵이는 얄미운 녀석. 큰형님한테 맞서는 당치않은 녀석. 건방지게도 오층탑을 세우겠다니 얄밉고 얄미운 녀석. 큰형님이 너무 친절하

76 겐타는 마음의 문단속을 못 할 만큼 어리석질 않기 때문에: 겐타가 말해야 할 것, 말해선 안 될 것을 잘 판단하고 있는 총명한 사람이라는 것을 알 수 있다.

게 대해주시니까 우쭐해진 건방진 배신자 녀석. 배신자도 아케치(明智)[77] 같은 것은 당연하다고 하쿠류(伯龍)[78]가 강석(講釋)[79]했지만 저 녀석은 대악무도(大惡無道). 큰형님이 언제 굼벵이의 머리를 쇠살 부채로 치기라도 하셨습니까?[80] 언제 란마루(蘭丸)[81]에게 굼벵이의 영지를 주겠다고 말씀이라도 하셨습니까? 나는 지금이라도 만약에 저 녀석이 큰형님의 호의를 받아들여 이름을 나란히 하고 탑을 세운다면 그냥 놔둘 수는 없어요. 때려죽여서 개먹이나 하겠어요. 이렇게 때려죽여서."라고 말하면서 텅 빈 술병의 옆구리를 갑자

77 아케치: 아케치 미쓰히데(明智光秀, 1528?~1582). 아즈치모모야마(安土桃山)시대의 무사로 오다 노부나가(織田信長) 밑에 있었지만 1582년 6월, 혼노지(本能寺)에 있던 노부나가를 습격하여 죽게 했다. 그를 반역한 이유에 대해서는 확실하지 않다. 이 사변 후 미쓰히데는 야마자키(山崎)의 싸움에서 하시바 히데요시(羽柴秀吉)에게 패하였다.

78 하쿠류(伯龍): 에도의 강석사(講釋師)인 간다하쿠류(神田伯龍)를 말한다.

79 **강석(講釋): 일본 고유의 설예(話藝)로 청중에게 사실이나 픽션을 이야기하는 것이다. 메이지시대 이후부터는 강담(講談)이라고 한다.

80 큰형님이 언제 굼벵이의 머리를 쇠살 부채로 치기라도 하셨습니까?: 노부나가는 미쓰히데를 미워하여 그 머리를 쇠살 부채로 치기도 하고, 또 미쓰히데의 영지였던 오미(近江) 지방의 사카모토성(坂本城)과 서오미(西近江) 18만 석을 빼앗아서 이것을 총신인 모리 란마루(森蘭丸)에게 주기로 했다는 강석 등에서 하는 말을 따온 것이다.

81 란마루: 모리 란마루(1565~82)로 아즈치모모야마시대의 무사이다. 기후(岐阜)현 미노(美濃) 태생으로 오다 노부나가의 은총을 받았으나, 혼노지의 변(變) 때 전사했다.

기 후려치니까 깨진 조각은 날아가서 작은 접시들이 튕겨대는 등 엉망진창이 된다. "야이, 바보야."라고 호통치는 큰형님한테 혼나니까 그대로 무너져 앉아 얌전하게 있는가 했더니 흩어져 있는 김조림 위에 이마를 눌러대고 어느샌가 코를 골고 있다.

겐타는 이것을 보고는 웃어대면서 "애교 있는 바보 같은 녀석한테 덮을 것이나 덮어줘라."라고 말하면서 자작으로 쭉 들이마시면서 한참 동안 술기운을 품어대다가 "화를 내고 돌아오긴 했지만 그래서는 고작 세이키치와 다름없잖아? 그러고 보니 분별력이 아직도 더 필요하군."

18

겐타가 화를 내고 돌아간 다음. 수수방관한 채 망연자실해 있는 남편 얼굴을 들여다보고는 오나미는 한숨을 푹푹 내쉬면서 탄식한다. "어르신네를 화나게 했으니 필시 일은 얻을 수 없을 테고, 밤잠도 안 자면서 모형까지 만든 며칠간의 노력도 고생도 헛되게 된 끝에 남의 마음까지도 상하게 했으니 은혜도 모르고 인정도 없는 놈이라고 남의 입에 오르내릴 것을 생각하면 너무나도 한심한 처사. 여자가 주제 넘은 말을 하면 그저 한마디로 혼날지 모르지만 정직하고 성실한 것도 정도가 있는 법인데 어르신네가 저만큼이나 말씀해 주시는 의견을 따라서 같이 탑을 세워도 수치스럽진 않을 텐데 옹고집을 부려서 아무 쓸모도 없는 기개를 세우다니, 그것을 누가 기특하다고 칭찬이라도 하겠어요? 어르신네의 생각을 따르면 첫째로 은혜 입은 어르신네의 기분도 좋을 테고, 또 당신의 이름도 올라가서 고생해서 노력한 보람도 있을 테니 삼방 사방으로 두루두루 모두가 좋을 텐데 왜 그럴 마음이 안 드는 건지요? 내 마음으로는 조금도 당신 생각을 알 수가 없어요. 다시 잘 생각하여서 어르신네의 의견에 따라주지 않겠어요? 당신이 생각만 바꾼다면 내가 당장이라도 어르신네댁에 찾아가서 이렇게든 저렇게든 용서를 빌어서 열심히 힘닿는 데까지 두들기든 때리든 꿈쩍 않을 만큼 각오하고 빌고 빌어 끝끝내 빈다면 인정 많은 어르신네가 설마 언제까지 화를 내고만 계시지는 않으실 텐데. 한때 생각이 달랐던 것은 용서해 주실 수도 있을 텐데. 생각을 다시 바꾸어서 고집부리지 말고 어르신네가 말씀하신 대로 해볼 생각은 안 드는지요?"라고 일편단심 남편을 생각하는 마음으로 설득하는 것도 아내로선 당연한 일이다.

하지만 주베는 전혀 눈도 깜짝하지 않고 "아아, 뭐 이젠 더는 말하지 마라. 아아, 오층탑이란 말도 하지 마라. 하찮은 일을 생각해서 과연 배은망덕한 놈이라고 남들은 그러겠지. 인정이 없는 놈이라고 남들은 그러겠지. 그것도 이 주베의 분별력이 모자라서 생겨난 일. 이제는 도무지 어쩔 도리가 없다. 그렇다고 당신이 말하는 것처럼 생각을 바꾸는 것은 무슨 일이 있어도 싫다. 주베가 하는 일에 심부름은 시켜도 조언은 부탁하지 않는다. 남의 일을 할 때는 밑에서 심부름을 하는 일이 있더라도 조언은 하지 않겠다. 건물의 기둥을 세우는 것도 서까래를 올리는 것도 내가 하는 날에는 내 맘. 어디에서 어디까지든 조금이라도 남의 지시는 결단코 받지 않겠다. 좋은 것도 나쁜 것도 혼자서 해결하겠다. 남의 밑에서 일을 하면 그저 정직하게 품팔이가 되어서 시킨 만큼의 일을 할 뿐. 건방지게 참견하는 일은 꿈에라도 하지 않겠다. 자기가 주체도 아닌 주제에 자기 색을 드러내 보이면서 특이한 형태로 하는 것을 득의양양하게 해 보이는 기생목(겨우살잇과의 겨우살이)은 주베는 까닭 없이 싫다. 남이 일하는데 기생목이 되는 것도 싫다면 내 일에 기생목을 끌어들이는 것도 까닭 없이 싫으니 어쩔 도리가 없다. 친절한 겐타 큰형님이 의리 인정을 쉽게 풀이하면서 일부러 권해주시는 것은 나도 알 수 있어서 고맙지만, 어설피 내 마음을 살려서 기생목이 되는 것은 한심하다. 주베는 바보라도 굼벵이라도 좋다. 기생목이 되어서 번영하는 것은 싫다. 보잘것없는 잡초가 되어서 말라버리겠지. 큰 나무를 만나면 비료라도 되겠지. 그렇지만 그저 기생목이 되어 있으면서 도도하게 구는 녀석들을 평소에 얼마든지 보면서 비천한 녀석들이라고 마음속으로 깔보고 있었는데 지금 내가 자연스럽게 큰형님의 인정에 끌려서 그렇게 되는 것은 무슨 일이 있어도 창피해서 그럴 수 없다. 차라리 큰형님이 지시하는 대로 이것을 깎아라, 저것을 톱으로 켜라 하고 하라는 대로 하는 것이라면 기쁘겠지만 어설픈 인정이 오히려 슬프구나. 당신도 틀림없이 알 수 없는 놈이라고 원망도 하겠지만 용서해 줘. 에이, 어쩔 수 없어. 알 수 없는 것이 주베다. 이러니까 굼벵이다. 바보다. 멍청이다. 뭐라고 말을 하든 어쩔 수가 없구나. 아아, 불도 작아져서 추워졌다. 이제는 그만 잠이라도 자자."라며 듣자 하니 하나하나 도리에 맞는 말.

오나미도 이젠 돌이키게 할 말이 없어 잠자코 있으려니까 여전히 추운 방 한 칸을 비추는 사방 등도 심만 남아서 어두워져 있었다.

19

그날 밤 겐타는 이불 속에 들어서도 좀처럼 잠들지 못하고 첫닭이 우는 소리 두 번째 닭이 우는 소리를 귀로 정확히 듣고 나서, 아침에도 평소보다는 일찍 일어나서 양치질 물로 꾸지도 않은 꿈을 씻어내고 뜨거운 차 한잔으로 남은 술 향기를 털어 내고 있었다.

그때, 부스스 일어난 세이키치가 아직 졸린 눈을 비벼대면서 의아스러운 표정으로 갈팡질팡하자 오키치와 함께 웃음을 터트리고는 "세이키치, 어젯밤엔 어찌 된 일이야?"라면서 놀려댔다. 그러자 갑자기 정좌하고 앉아서 무턱대고 머리를 숙이며 "뜻하지도 않게 지나친 대접을 받다가 어느새 잠들어버렸습니다. 형수님, 어젯밤 제가 무슨 잘못이라도 저지르지는 않았습니까?"라며 걱정되는 듯이 묻는 것도 우스워서 "아니, 아무래도 좋아. 밥이라도 먹고 일하러 가게."라고 상냥스럽게 말해주니까 더욱더 송구스러워하면서 황홀한 듯이 팔짱을 끼고 끊임없이 생각에 잠기는 모습. 참으로 정직하기에 귀엽다.

세이키치를 내보낸 뒤, 겐타는 계속해서 혼자 생각에 잠긴 채로 평소의 쾌활한 태도와는 전혀 다르게 오키치한테도 제대로 말도 하지 않고 생각에 생각을 거듭했는데 "아아, 알았다." 하고 혼잣말을 하는가 싶더니 "가엾은 것." 하고는 한숨을 쉬고 "에이, 던져 버릴까?"라고 말하는가 싶더니 "도대체 어쩌자는 거야?" 하고 화난 듯한 모습을 하기도 한다.

그것을 옆에서 지켜보는 오키치는 괴롭기만 하다. 듣고 위로하려고 참견하면 입 다물고 있으라고 혼나기만 하니까 어쩔 수 없이 가슴속으로만 허무하게 마음을 달랠 뿐이다.

겐타는 그런 것엔 상관도 하지 않고 저녁 무렵까지 생각하고 생각하다가 겨우 생각을 결정했는지 불쑥 몸을 일으켜서 의복을 갖춰 입고는 간노지로 향했다.

큰스님을 찾아뵙고 엊저녁에 있었던 일을 시종 감추는 것 없이 이야기한 끝에 "일단은 저도 너무나도 몰라주는 주베의 대답에 화를 내긴 했지만 돌아가서 잘 생각해 보니 가령 저 혼자서 해서 훌륭히 탑을 세운다고 해도 그렇게 해서는 일부러 교훈담을 이야기해 주신 보람이 없고, 또 겐타가 자기 욕심만 강한 것 같아서 남자답지도 않은 이야기. 그렇다고 해서 주베는 주베의 생각을 좀처럼 버릴 것 같지도 않은 모습. 주베가 완전히 자신을 누르고 양보하면 겐타도 자신을 누르고 주베에게 일을 시켜달라고 양보하지 않으면 안 되는 의리 인정. 여러 가지 어리석은 생각을 구사해서 겨우겨우 생각해 낸 것이라도 주베가 할 마음이 없으면 어쩔 수 없고, 그것을 화내도 원망해도 어쩔 수 없는 일. 이제 저는 더는 별다른 방법도 찾아낼 수가 없습니다. 오로지 바라는 것은 큰스님, 가령 주베 한 사람에게 일을 시키신다고 해서 제가 절대로 딴마음을 먹지 않을 테니 주베한테든 저한테든 혹은 두 사람 모두한테든 어떻게든 간에 결정을 내려 주십시오. 큰스님이 말씀하신 거라면 주베도 저도 서로 경쟁할 마음은 없으니까요, 조금도 지장이 없습니다. 우리 둘이 상의하는 것으로는 너무 벅차서 부탁드리러 왔습니다."라며 속마음을 털어놓고 부탁드린다.

그러자 큰스님은 기쁜 듯이 웃으시며 "그럴 거야, 그럴 거야. 역시 자네도 우러러봐야 할 남자야. 됐어, 됐어. 그 마음가짐 하나로 이미 쇼운탑을 멋지게 세운 것보다도 훌륭한 사람이 자네는 되어 있어. 주베도 아까 와서 같은 말을 하고 돌아갔어. 그도 이쁜 남자가 아닌가. 보게, 겐타. 이뻐해 주게. 이뻐해 주게."라며 생각한 것이 있는 듯이 말씀하신다.

이 말을 겐타는 재빨리 알아차리고 "네, 이뻐해 주고말고요."라고 시원스럽게 대답한다.

큰스님은 만면에 웃음을 띠고 기뻐하시면서 "됐어, 됐어. 아아, 기분 좋은 남자일세."라며 진심으로 칭찬하신다.

아까운 감이 있긴 하지만 겐타는 엉겁결에 머리를 들고 "덕분에 남자가 되었습니다."라는 말 한마디로 무한한 감개무량함을 품고서 기뻐하는 남자의 눈물. 이미 이때 주베가 하는 일을 도와주겠다는 마음이 아름답게도 솟아오르고 있었을 것이다.

20

주베는 간노지에 도착하여 로엔 큰스님을 찾아뵙고 반은 울다시피 하면서 사퇴할 의사를 밝히고 돌아온 그날의 따분함은 이루 말할 수가 없었다. 담배를 피우는 손놀림도 그 움직임에 힘이 없고, 망연자실하면서도 절실히 느껴지는 불행한 내 인생. 세상살이하기 힘든 일들을 생각하면 생각할수록 기쁘기는커녕 속상하기만 하다. 때가 되어서 떠먹는 밥맛이 새삼 달라질 리는 없지만, 젓가락질하는 손마저 잘 안 되어 입이 맛있다고 받아먹질 않으니, 여느 땐 여섯 공기 일곱 공기를 맛있게 먹었는데 겨우 한 공기 두 공기로 끝내고, 차만 오히려 더 많이 마셔대는 것도 마음속에 잘 안 풀리는 일이 있는 사람이 벗어나기 힘든 관례이다.

남편이 우울해하니 마누라도 그렇고, 아무 죄없이 한창 장난칠 나이의 이노까지 자연히 기분이 가라앉아서 쓸쓸한 빈민이 더욱더 쓸쓸해져서, 희망도 없고 즐거움도 전혀 없이 날을 보낸다.

따스함도 없는 꿈자리에서 그저 외로운 밤을 지새웠으면서도, 오나미는 새벽녘의 종소리에 눈을 뜨고는 이노와 함께 잔 이불 속에서 조용히 빠져나왔다. 이렇게 하는 것에도 아침 바람이 차가운데 불기운도 없는 일찍부터 일어나게는 하지 말아야지, 좀 더 자게 놔둬야지 하는 자비심 깊은 부모의 마음이 나타나 있는 것이다.

아무것도 모르고 철없이 자고 있던 이노가 평소와는 달리, 무슨 일이 있었는지 다짜고짜로 벌떡 일어나 내의 하나만 걸친 채로 이불 위를 여기저기 깡충깡충 뛰어다닌다. 그렇게 뛰어다니다가 "싫어, 싫어. 아버지를 때리면 싫어."라며 고사리 같은 손을 눈에 대고 뭔지도 모르고 울어댄다.

"어머나 얘, 이노야, 무슨 꿈을 꾸었니?"라며 깜짝 놀라서 끌어안자 안기면서도 그러나 아직도 울음을 멈추지 않는다. "아무도 아버지를 때리지는 않아. 꿈이라도 꾸었니? 봐라, 저기에 아버지는 아직 주무시고 계시잖아."라면서 얼굴을 돌려 보게 하니까 이상하다는 듯이 들여다보고는 잠시 안심한 듯하긴 해도 아직 의혹이 풀리지 않은 듯한 모습이다.

"이노야, 아무 일도 생기지 않았어. 꿈을 꾼 거야. 자아, 아직 추운데 감기라도 걸리면 안 되잖아. 이불 안에 들어가서 더 자렴." 하고 말하면서 잡아 쓰러뜨리듯이 해서 옆으로 눕게 하여 차렵이불을 덮고는 사이가 뜨지 않도록 위에서 눌러주었다.

그런 어머니의 얼굴을 쳐다보면서 눈을 또렷하게 뜨고는 "아아, 무서웠어요. 지금 꿈에서 무서운 사람이.", "오오, 오오. 무슨 일이 있었니?", "아주 아주 큰 쇠메로 묵묵히 앉아 있는 아버님의 머리를 내리치고 몇 번이고 내리쳐서 머리가 반으로 깨졌어. 나는 아주 깜짝 놀랐어요.”, “에이, 에이. 학 거북이 학 거북이.[82] 좋지도 않은 소리를. 불길한 소리를 하는구나.”라면서 눈썹을 찡그릴 때 마침 늘 문밖을 지나는 떨리는 목소리의 청국장 장수 녀석이 “에이, 재수 없어라. 짚신 끈이 끊어졌잖아.”라고 혼잣말로 중얼거리면서 지나가니까, 마누라는 더욱더 기분 나빠하면서 부엌에 나가서 가마솥 밑에 불을 지펴보았다.

그러나 뜻대로 타지 않는 장작도 화가 나고, 줄을 당겨서 열어야 하는 천장의 창문이 매끄럽게 잘 열리지 않는 것도 새삼스럽게 답답하여 아아 그저 막연히 기분 나쁜 날이라고 생각했다.

그런 생각이 드는 것은 마음이 그렇게 생각하게 하는 것이라고 알고는 있었지만 그래도 계속 마음에 걸리는 것만을 신경 쓰니까 더욱더 그렇고, 또 말을 꺼내면 남이 웃어버릴 것이라는 생각이 들어 스스로 자중하면서 여느 때보다는

82 * 학 거북이 학 거북이: ‘학(鶴)은 천년(千年) 거북이(龜)는 만년(萬年)’이라고 해서 학과 거북이를 장수하는 동물로 길(吉)한 것의 상징으로 생각하여 그 인연을 추대하여 말한 것으로 재수가 좋기를 바라는 마음이 나타나 있다.

웃는 얼굴을 하고 말도 활기차게 하고 생기있게 남편을 시중들고 아이를 보살폈다. 그렇지만 원래가 일부러 만들어낸 거짓이고 보니 오히려 웃는 소리 끝이 슬픈 울림을 남기면서 사라지는 것이었다.

그것이 오히려 서글프기만 할 때 "주베 님, 집에 계시는가?"라며 건방지게 어른 같은 말투를 쓰면서 들어오는 동자승. 거만하고 꼿꼿하게 올라와서 "볼일이 있으니 곧바로 오시오."라며 앞뒤 인사말도 없는 기계적인 말투.

오나미도 이상하게 생각하고 주베도 영문을 모르는 일로 생각이 되지만 사절할 수도 없어서, 이미 간노지의 문을 들어서는 것도 별 볼 일 없는 것이라는 생각은 들지만, "무슨 일이십니까?"라고 가서 물었다.

천지가 전도되었는지, 이게 무슨 일인가? 꿈인지 현실인지? 정말인지? 엔도는 오른쪽에, 우에몬은 왼쪽에, 로엔 큰 스님은 가운데에 앉으셔서 엔도는 말을 엄숙하게 "이번에 건립하기로 한 쇼운탑에 관한 일체 공사를 가와고에 겐타에게 맡기시려 하였으나, 주지 스님이 생각하시는 바가 있어 각별하게 상의한 끝에 이번만은 예외의 자비를 베풀어 주베 당신에게 확실히 맡기기로 하셨다. 사양할 필요는 결코 없다. 어서어서 고맙게 받아들여라."라고 말한다.

큰스님도 굵은 목소리로 "이보게, 주베. 마음껏 완성해 보게. 잘 만들어지면 기쁜 일이 아닌가?"라며 그냥 받기엔 몸에 넘치는 과분한 고마운 말씀.

굼벵이는 흠칫 엎드린 채로 전신을 마치 파도라도 치듯 크게 떨면서 "주베 놈의 이 목숨을 내 내걸겠습니다."라고 말한 채로 목이 메어서 말이 막혔는데 고요한 넓은 객실에서 무언가를 이야기하는 호흡의 울림이 어렴풋이 또 새어 나왔다.

21

홍련 백련의 향기가 그윽하게 소맷자락에 풍겨 오고, 연못에 떠 있는 잎에 이슬 구슬이 흔들리고, 곧게 뻗은 나뭇잎에는 바람이 살랑살랑 불어대는 정취 있는 여름의 전망은 고추잠자리가 물풀을 희롱하고 첫서리가 무코가오카(向岡)[83]의 나뭇가지를 물들게 했을 때부터는 아예 없어졌지만,

83 무코가오카(向岡): 도쿄도 분쿄구에 있는 지명이다.

모든 것이 퇴색되어 가지 줄기만이 앙상하게 남아 있는 사이를 이 세상을 피해 사는 듯한 백로가 천천히 걸어가는 모습도 정감이 있고, 감청색으로 저물어 가는 하늘에 가까스로 빛나기 시작한 별을 배경으로 날아가는 기러기의 울고 가는 소리도 정취 있는 시노바즈 연못(不忍池)[84]의 경치를 안주 외의 안주로 삼으며, 술을 좋아한다는 바다거북이[85]가 술을 마실 수 있는 만큼 손님에게 실컷 술을 마시게 한다는 호라이야(蓬萊屋)의 이층 뒤쪽 방에 기분 좋은 듯한 얼굴을 하고 싱긋싱긋 웃으며 사람을 기다리는 남자가 한 명.

세로로 줄무늬가 들어 있는 무명옷[86]을 담백하게 차려입고 스미요시(住吉)[87]가 만든 은담뱃대를 점잖게 지닌 자는 직공다운 기풍을 풍기는 말과 행동을 하면서도 조금도 상스러워 보이지 않는 품위가 있다.

84 시노바즈 연못(不忍池): 도쿄도 다이토구 우에노공원(上野公園)의 서남쪽에 있는 연못이다.

85 술을 좋아한다고 하는 바다거북이: 쇼가쿠보(正覺坊)라고 불리는 바다거북으로, 극히 술을 좋아했다고 한다.

86 세로로 줄무늬가 들어 있는 무명옷: '토잔(唐棧)'으로 원래는 인도에서 들어온 세로의 줄무늬가 있는 면직물인데, 에도시대엔 멋을 아는 쓰진(通人) 등이 좋아하여 입었다.

87 스미요시(住吉): 확실하진 않으나 인명(人名)이나, 혹은 담뱃대 등을 취급하는 가게 이름일 수도 있다.

머지않아 어르신 어르신하고 많은 이들이 추대할 도편수라는 것을 이전부터 알고 지내는 친한 사이인 오덴(お傳)이라는 여자가 "너무 기다리시지요?" 하고 상을 차리면서 하는 사탕발림 말을 기다리는 지루함에 이끌려서 "기다려져서, 기다려져서 참을 수가 없어. 정말로 남의 마음도 모르고 무엇을 하는 것일까?"라고 말하니 "그래도 치장하는 데 시간이 많이 드는 것은 무리가 아닐 텐데요."라고 말하다 말고 웃는 것은 숙달된 칼 솜씨 같은 대답이다.

"아하하, 그것도 당연하지. 이제 곧 오거든 잘 봐주게. 아마 이 근방에서는 보기 드문 수준일 거야.", "아이 무서워라. 뭘 사주실 건데요? 그리고 어르신, 수준이라니 스승님이신가요?", "아니야.", "아가씨인가요?", "아니야.", "과부인가요?", "아니야.", "할머니인가요?", "바보 같은 소리 마. 불쌍하게시리.", "그럼 애기?", "이 녀석 사람을 갖고 노네. 하하하.", "호호, 호호호." 하며 저속하게 웃고 있는 차에 장지문 밖에서 오덴이라고 이름을 부르고는 동행하시는 분이 오셨다고 알려주니까 일어서서 장지문을 열려고 하다가 잠깐 뒤를 돌아보고는 남의 얼굴에 이상한 눈길을 주면서 말없이 웃어대는 것은 '기쁘겠지'라고 놀리며 약 올리는 것으로써 진심으로 기쁘게 하려는 농담이다.

그러나 겐타가 오히려 속으로 우습게 생각할 거라는 것도 모르고 오덴은 문을 쓱 열었는데 어슬렁거리며 들어오는 손님은 아름다운 젊은 여자는커녕 향기도 윤기도 없는 몰취미한 남자. 더부룩한 머리에다 덥수룩하게 기른 수염. 얼굴은 더럽고 옷은 때가 묻고 찢어져 있어 보는 것부터가 싫증이 팍 날 것 같은 모습에 과연 기가 막혀서 인사조차 갈팡질팡한 채로 서둘러 나가지도 못한다.

겐타는 웃음을 띠고서 "자아, 주베. 이쪽으로 오게. 부담갖지 말고 큰 책상다리를 하고 편히 앉게."라고 말하며 우물쭈물하고 있는 것을 억지로 자리에 앉혔다. 그리고 드디어 상도 다 차려지자 이번에는 새삼스럽게 싹 마신 술잔을 들어 겐타는 입을 꾹 다물고 있는 주베를 마주하고 "주베, 아까 도미마쓰(富松)를 일부러 보내서 이런 곳에 불러낸 것은 어떤 특별한 일이 있어서가 아니라 실은 서로 화해하고 싶어서라네. 어때. 자네하고 속 후련히 마시고 서로의 흉금을 털어놓고 친해져서 요전 날 밤에 내가 말한 그 지나친 말도 잊어버렸으면 좋겠다고 생각하기 때문이라네. 들어보게. 요전날 밤엔 실은 나도 너무 자네를 알 수 없는 녀석이라고 외

곬으로 생각해서 화도 났어. 부끄러운 이야기지만 부아도 나고 무척이나 화도 나서 자네 머리를 깨부숴 버리고 싶다고까지 생각했었는데, 그런데 다행히도 이 겐타의 머리가 나쁜 쪽으로만 굴러가지는 않았다네. 그날 밤 세이키치 녀석이 우리 집에 와서 취한 나머지 무책임하게 마구 지껄여 댄 당치도 않은 이야기를 듣고 있노라니 우스워서 참을 수가 없었는데 문득 그렇게 생각한 순간, 그날 밤 자네 집에서 늘어놓고 온 내 말을 돌이켜 생각해 보니 세이키치가 한 말과 대동소이하지 뭔가. 에이, 홧김에 잘못을 저지른 것이 유감이긴 하지만 그대로 있어서야 겐타의 남자로서의 체면이 손상되지. 내 의지를 세울 수가 없지. 큰스님이 멸시하실 텐데 그것도 무섭지. 주베가 이것저것 다 털어버리고 사퇴하게 되기를 은근히 바라면서 억지로 고집을 부리면 그것은 큰 오산이라는 것은 충분히 생각하면서도 자네가 너무 지나치게 고지식한 것이 화가 났다네. 사방팔방 하나에서 열까지 충분히 생각해서 이쪽을 누르면 저쪽이 뒤틀리고 저쪽을 세워주려니 이쪽에 무리가 생기고 도대체 내 지혜와 분별력을 있는 대로 다 짜내어서 내 편의만 생각해 낸 것이 아니라는 것을 말했는데, 전혀 말도 들어주지 않는 것이 분하고 또 분해서 몹시 참을 수가 없었다네. 그런데 마침내 생각을 정해서 큰스님을 만나 뵙고 의견을 말씀드려 보니, 좋아 좋아 하고 말씀하신 오로지 그 말 한마디로 마음속에 맺혀 있던 응어리가 싹 가셔져서 시원한 바람이 창공에 불고 있는 듯한 기분이 들었다네. 어제는 또 큰스님이 일부러 부르시기에 가보았더니 나를 많은 말로 칭찬해 주시고는 마침내 주베에게 탑 건립에 대한 일체 모든 일을 맡겼는데 음으로 양으로 도와주라는 말씀이셨네. 모두 나의 선근복종(善根福種)이 될 거라면서. 주베 밑에는 직공들도 없을 텐데 그가 드디어 착공하는 날에는 몇 명이든 고용된 사람 중엔 내 밑의 일꾼도 섞이게 되겠지. 무슨 일이 있어도 질투하고 삐뚤어진 마음을 일으키지 않도록 그들에게는 내가 잘 말해서 알려 두는 게 좋겠다고 하는 세심한 가르침도 얻었다네. 하나에서 열까지 환히 꿰뚫어 보시고 또 자비심도 깊으신 큰스님의 고마움에 어쩔 수 없이 아집을 버리고 돌아왔는데, 주베, 요전의 지나친 말은 용서해 주게. 이런 내 마음을 알아준다면 지금까지 하던 대로 욕심 없이 깨끗하고 정답게 지내 주게. 모든 것이 이렇게 정해지고 보니 이렇게 생각했든 저렇게 생각했든 모두 꿈속에서의 탐색. 뒷맛을 남기면 귀찮기만 할 뿐 아무런 이득이 없는 일. 이 시노바즈(不忍) 연못의 물로 깨끗하게 흘려보내고 나도 잊어버릴 테니 주베, 자네도 잊게. 목재를 사들이는 일이며 기계공을 부탁하는 일 등은 아직 얼굴이 알려지지 않은 자네에게는 좀 하기 힘들 테니까 그런 데는 내 얼굴도 빌려주고 힘도 빌려주겠네. 마루초(丸丁), 야마로쿠(山六), 엔슈야(遠州屋)[88] 등 좋은 목재 도매상은 모두 단골이 아니면 이쪽을 깔보기 때문에 일이 안 되니까 만사 속상한 일이 없도록 나를 자네 마음대로 불러내서 시키게. 소방서의 우두머리인 에이지(鋭次)라는 자가 성질이 급한 것은 자네도 알고 있겠지만, 뼈대는 검은 쇠처럼 단단하고 배짱은 그래 보여도 불덩어리 같다고 평소에도 알려진 만큼, 차근차근 계획을 빈틈없게 세워서 잘 부탁하면 확실히 책임지고 한 치도 물러서지 않는 아주 든든한 사나이라네. 탑은 무엇보다도 땅 다지기가 중요한 것이니까 공(空)·풍(風)·화(火)·수(水)[89]의 네 곳을 떠받는 지반 다지기를

88 마루초(丸丁), 야마로쿠(山六), 엔슈야(遠州屋): 모두 다 목재 도매상의 이름이다.

89 공(空)·풍(風)·화(火)·수(水): 이 네 가지는 불교에서 말하는 오대(五大), 즉 지(地)·수·화·풍·공이라는 우주 생성의 다섯 가지 원소 중, 지를 뺀 나머지 것들이다.

그에게 시키면 불같은 성질의 에이지가 그 사람의 기질 하나만을 가지고서라도 부동명왕(不動明王)[90]의 대좌인 바위보다도 더 단단하게 기초를 확실히 앉히려고 전력을 다해서 일해 줄 것은 필정(必定: 반드시 그렇게 됨)이라네. 언젠가 그에게도 소개하지. 이제 이렇게 된 마당인데 겐타가 바라는 것은 오직 하나. 장한 주베, 자네가 훌륭하게 완성해 주기만 하면 그걸로 좋은 거라네. 그저 그저 탑만 잘 세워지면 그보다 더한 기쁜 일은 없다네. 적어도 백년 천년 말세까지도 남아서, 말하자면 우리들의 제자뻘 되는 녀석들의 눈에도 꼭 드는 것으로 만들어야지. 실수라도 있으면 슬프지 않겠는가? 비참하지 않겠는가? 겐타, 주베의 시대에는 이런 하찮은 건물 때문에 울고 웃고 했다는 말을 듣는 날에는. 안 그런가 주베? 우리 두 사람의 사리(舍利)[91]도 영혼도 잿가루가 되어서 사라져 버릴 걸세. 서툰 솜씨로 차라리 세상에 알려지지 않는다면 오히려 수치도 적으련만, 남긴 것이 제자들의 웃음

90 ** 부동명왕(不動明王): 팔대 명왕의 하나. 중앙을 지키며 일체의 악마를 굴복시키는 왕으로, 보리심이 흔들리지 않는다 하여 이렇게 이른다. 오른손에 칼, 왼손에 오라를 잡고, 불꽃을 등진 채 돌로 된 대좌에 앉아 성난 모양을 하고 있다. 제개장보살의 화신으로 오대존명왕의 하나이기도 하다.

91 사리(舍利): 사체(死體)를 화장해서 남은 뼈를 말한다.

거리가 되는 날에는 바보 같은 아버지가 자식에게 지적당하는 것과 같아서 부모의 지적을 받는 자식보다도 몇 배나 더 부끄럽게 생각될 걸세. 살아서 책형[92]을 당하는 것보다 죽은 후 소금에 절여두었다가 책형을 당하는 것 같은, 그런 처지에 놓여서는 안 되지 않는가? 처음에는 나도 이렇게까지 깊게 생각하지는 않았었는데 자네가 내 반대편에 마주 선 그 의기를 보고 '주베에게 탑을 세우게 해줘 보자, 겐타에게 뒤떨어지지는 않을 거야' 하는 마음이 들기도 했고, 또 그 반대로 '겐타가 세워서 보여주자. 까짓 주베보다 못하겠는가' 라는 마음이 마음속 깊은 곳에서 불처럼 타오르기도 했지만, 이제는 내 딴마음은 다 없어졌다네. 그저 잘되기만 하면 자네도 명예롭고 나도 기쁘다네. 오늘은 이것만 말하고 싶었다네. 아아, 주베. 그 큰 눈을 적셔가면서 들어주었는가. 아아, 기쁘다네."라며 갈고닦고 또 갈아낸 끈적거림이 없는 순수한 에도(江戶) 토박이의 기질.

일이 아니면 육이 나오듯[93] 화끈한 성질이기에 분노를 뒤로 제쳐놓고 오로지 친절함으로 어디까지나 강하게 밀고 나

92 ** 책형(磔刑): 죄인을 기둥에 묶어 세우고 창으로 찔러 죽이던 형벌.

오는 겐타의 말에 몸을 조금도 움직이지 않고 듣고 있던 주베. 아무 말도 하지 못하고 방바닥에 얼굴을 대고는 "큰형님, 용서해 주세요. 입을 열 수가 없습니다. 주베는 드릴 말씀이 없습니다. 보, 보, 보시는 바와 같이. 아아, 고맙습니다."라며 어리석게[94]도 그러나 진심으로 그저 엎드려서 울고 있었다.

22

말은 안 해도 진정성이 엿보이는 주베의 거동에 겐타는 기뻐하며, 봄바람이 물 위를 지나서 봄 안개가 따뜻한 봄볕에 찌는 것 같은 그런 평화롭고 온화한 표정을 얼굴에 내비치고 게다가 친절한 어조는 매끄러워서 이렇게 마음을 터놓은 이상은 서로가 거북한 일도 없고, 큰스님의 뜻하신 바도

93 일이 아니면 육이 나오듯: 주사위에서 일과 육이 마침 앞뒤에 해당하는 것으로, 그와 같이 애매하지 않고 어느 쪽인가로 깨끗하게 딱 잘라 결론짓는 것을 말한다.

94 어리석게: 주베가 제대로 말하지 못하는 모습을 지적한 것이다.

이루어져서 우리들의 체면도 모두 세워진 것이라고 겐타는 생각했다.

"아아, 어떻든 기분이 좋다. 주베, 자네도 실컷 술을 마시게. 나도 오늘만은 실컷 취해 보겠네."라고 말을 하면서 일어서서 장식선반[95] 위에 얹어 놓은 보자기로 싼 것을 내렸다. 묶은 곳을 풀고 두 묶음으로 해 놓은 서류를 꺼내어 주베 앞에 놓고 "나에게는 이제 필요 없는 것인데, 하나는 까다로운 재목에 대해서 그 자세한 용도[96]를 조사한 것으로 인부나 운반하는 사람 그 외의 여러 가지 드는 비용까지 며칠 밤에 걸쳐서 겨우겨우 조사해 낸 견적서이고, 또 하나는 여기를 이렇게 하고 저기를 이렇게 하고 하는 궁리에 궁리를 거듭한 밑그림. 지붕 아래층[97]의 도면만 있는 것도 있고, 평면도인 것도 있고, 첫 층의 지붕 모양만을 그린 것도 있고, 두 번째 지붕 또는 세 번째 지붕, 부속의 장식물들만 그려

~~~~~~~~

95 장식선반: '지가이타나(違い棚)'로, 선반의 높이를 다르게 하여 멋을 낸 선반이다. 무로마치(室町, 1336~1573년)시대부터 시작되어 에도시대에는 무사의 주택 양식인 쇼인즈쿠리(書院造) 주택의 실내장식으로 크게 발전하였다.

96 까다로운 재목에 대해서 그 자세한 용도: 각각의 목재의 특징, 장점, 단점 등을 조사하여 어떠한 곳에 쓰는 것이 좋을까 등을 써 놓은 것인 듯하다.

97 ** 지붕 아래층: '고시야네(腰屋根)'로, 이층 이상 되는 건물의 제일 위만 뺀 아래쪽 지붕을 말한다.
~~~~~~~~

놓은 것도 있고, 구름 무늬, 파도 무늬, 당초(唐草)무늬[98], 혹은 동물의 조각만을 그려 놓은 것도 있고, 그보다도 무엇보다도 귀찮은 대들보에서부터 문지방 아래를 가로지르는 장식용 나무들, 툇마루를 놓기 위한 가장자리의 가로대와 기둥, 난간의 서까래, 기둥의 공포(拱包), 기둥과 기둥 사이를 가로 대는 인방(引枋), 네 모퉁이의 서까래를 재는 산법, 먹줄 치는 법, 기역자자의 사용법 등을 남김없이 빠짐없이 기록한 것도 있고, 그중에는 내가 한 것이 아닌 우리 집에 간직되어 내려오던 조상의 유품 등, 밖에는 내놓을 수 없는 그림 도형도 있고, 교토(京都)나 나라(奈良)에 있는 탑을 베껴 그린 것도 있는데 이것들을 모두 자네에게 맡기겠네. 보면 언젠가 도움이 될 거라네." 하면서 자기의 마음과 정신이 다 담긴 것을 아낌없이 물려주는 크나큰 도량.

이것이 믿음직스럽다는 것을 이해할 수 없는 것은 아니지만, 굼벵이도 또한 기질에 남다른 데가 있는 사람이고 보니 남의 돈으로 내 입에 풀칠하는 것을 좋아하지 않는다.

"큰형님, 정말로 감사합니다만 그 친절함은 이미 받은 거

98 ** 당초(唐草)무늬: 곡선 무늬로 처마 끝에 얹은 등자 모양의 기와 등에 활용되었다.

나 마찬가지입니다. 그것은 그냥 갖고 계세요."라며 마음은 그렇지 않은데 너무 매정한 말로 대답을 하니까 겐타는 전혀 기뻐할 수가 없다.

"이것을 자네는 필요 없다고 하는 건가?"라고 말하며 노여움을 속으로 감추고 물어보는데 굼벵이는 그런 줄도 모르고 "특별히 제가 본들." 하면서 무심코 대답하는 그 순간, 예민한 성질의 겐타는 견디질 못하고 "친절함에 더 친절함을 베풀어서 내 지혜에 궁리를 짜낸 그림까지 준다고 하는데 무턱대고 돌려주다니 무례한 것. 얼마나 네 솜씨가 좋길래 남의 호의를 무시하는 거야? 애당초 네 녀석이 내 반대편에 마주 섰을 때도 화가 났었는데 꾹 참고 싸우지 않았던 거라고. 보통 다른 사람 같았으면 내 덕을 보고 사는 몸이면서 감히 혼자서 일을 맡아서 하겠다는 거냐고 하면서, 두들겨 패도 모자라는 녀석이라고 실컷 혼냈을 텐데, 이쁘다고 생각을 해주기 때문에, 일언반구의 싫은 소리도 하지 않고 그저 그저 자연스럽게 되어가는 대로 놔둔 것을 잊었는가? 큰스님의 가르침을 듣고 나서도 있는 것 없는 것 모든 것을 다 생각하다가 일부러 찾아가서 너를 위해서 상의까지 했는데 제멋대로 하면서 고집을 부려 좀 돼먹지 않은 사람 같으면 참을 수 없었을 텐데, 어지간히 너를 아꼈기 때문에 참았던 거라는 것을 모르는가? 네 운이 좋은 것만 가지고 네 솜씨가 좋은 것만 가지고 네 마음이 정직한 것만 가지고 큰스님이 이번 공사를 분부하셨다고 생각하고 있는가? 이것을 너한테 주고 이 겐타가 자못 은혜라도 베푸는 듯이 생각하고 있다고 생각하는가? 아니면 이미 자만심에 빠져서 진정으로 별 시시한 녀석이라고 남의 그림조차도 쉽게 생각하는가? 필요 없다고 하니까 강요는 않겠네. 지나치다고 하면 지나치겠지만 알고 보니 인정머리 없는 녀석이구나. 아아, 고맙습니다 하고 기꺼이 받아서 이 가운데 있는 것을 한곳이든 두 곳이든 써보고 난 후에 저곳은 덕분에 일이 잘되었다고 나중에 인사할 정도의 일은 있어도 되는 것을. 열어보지도 않고 들여다보지도 않고 뻔한 것 아니냐는 식으로 애교도 정나미도 없이 필요 없다니. 너 주베, 잘도 뿌리쳤구나. 이 겐타가 그린 그림 중에 네가 아는 것만 있겠는가? 너 같은 게 궁리하는 테두리 밖에 겐타가 튀어나가지 않을 리가 있겠는가? 볼 가치도 없다고 그쪽에서 생각한다면 네 솜씨도 뻔한 거야. 대개 별것 아닌 탑이 오히려 세워지기 전부터 눈에 아른거리다가 딱하게도 잘못되는 것이라네. 이젠 더는 참을 수가 없네. 비열하고 더러운 보복은 하지 않겠다만 겐타의 참을 수 없는 원한에 찬 보복은 할 때 하지 않고 놔둘 수 있겠는가? 입이 불어 터지도록 지금까지는 말도 붙였지만 이젠 안 할 거야. 일단 마음을 정한 이상은 말을 걸 만큼의 미련도 갖지 않아. 삼 년이 되더라도, 십 년이 되더라도 원수를 갚을 충분한 일이 있을 때까지 안 보이는 곳에서도 눈을 번뜩이고 노려보면서 무언으로 쭉 기다려주겠어."라고 성질이 다르니까 생각까지도 한번 두번 결국엔 세 번째에 완전히 한심할 만큼 틀어졌다.

아주 조용하게 말소리를 낮추어 "주베 님." 하고 "님"자를 갑자기 붙여서 공손하게 "필요 없다고 하는 그림은 치워버리지요. 자네가 혼자서 세우는 탑은 틀림없이 멋지게 만들어지겠지만, 지진이나 바람이 불었을 때 부서지는 일은 없을 테지?"라고 가볍기는 하지만 깊이 비꼬는 말에 주베도 기분이 좋지 않아 "굼벵이라도 수치는 알고 있습니다."라고 뚝심 있는 쐐기를 박으니까 "어지간히 멋진 한마디군. 잊지 않도록 기억해 두지."라고 못을 박으면서 무섭게 째려본 다음엔 아무 말도 하지 않았다.

그러다가 갑자기 일어서서 "아아, 잊어서는 안 되는 일을 잊고 있었네. 주베 님, 천천히 놀다 가게. 나는 돌아가지 않으면 안 되는 일이 생각났네."라고 바람처럼 그 자리에서 일어나 순식간에 얼만가 추측해서 돈을 남겨두고는 홱 하고 나가버렸다.

곧장 그 발로 같은 마을의 어느 집 문턱을 넘어서자마자 "싫다, 싫어. 싫다, 싫어. 하찮고 시시하고 바보 같다. 우물쭈물하지 말고 술 가져와라. 서둘러 촛불이나 켜다니[99] 그걸 먹을 수 있는가? 바보 같은 녀석, 안주로만 술을 마실 수 있는가? 고카네(小兼), 하루키치(春吉), 오후사(お房), 조코(蝶子) 이러쿵저러쿵 잔소리 같은 것 못하게 하고서 붙잡아 와. 정강이가 튼튼한 젊은이들로 부탁하네. 우리 집에 가서 세이(淸), 센(仙), 데쓰(鐵), 마사(政) 누구라도 좋으니까 바로 놀러 보내오게."라고 말하는 한편으로 벌컥벌컥 술을 들이마신다.

이어서 들어오는 여자들에게 "안녕하시냐니 뭐 그리 미적지근한가?"라며 정면으로 자신의 답답한 마음을 끼얹어 대면서 "마셔라. 술은 대놓고 있으니까. 술잔은 둥글게 돌리고 돌려. 오후사 허세를 부리지 말게. 하루 할머니 얌전한 척

99 서둘러 촛불이나 켜다니: 손님이 오니까 서둘러서 촛불을 켜고 있다.

하지 말게. 에이 오초야, 그것도 피가 흐르고 있는 거냐? 머리 위에 족제비 불꽃[100]을 얹어서 불나게 할 거야. 자아, 노래 불러라. 쭉쭉 들이마셔라. 고카네 녀석, 기분 좋은 소리를 내는데? 아구리야, 춤출까? 가구리야, 좀 더 신나게 추어라. 여어, 세이키치 왔구나, 데쓰도 왔구나. 아무래도 좋으니까 엉망진창으로 소란을 피워. 나한테 좋은 일이 있어. 신분 지위 상관 말고 어울려서 실컷 놀게, 놀아."라며 대장이 너무 기운이 좋으니까 늦게 온 센도 마사도 그 기세에 압도되어서 천장이 빠지든 마루 귀틀이 빠지든 빠지면 그거야 우리들의 장기라며 뛰고 날고 춤추고 탄성을 지르며 '점잖지 않은가'라고 기녀가 부른 이타코 섬의 노래(潮來節)[101]도 점잖진 않았다. 진쿠(甚句)[102] 부를 때의 목소리를 뽑아 빼내어 갓

100 족제비 불꽃: '쥐불 꽃'이라고도 하는데 작은 불꽃놀이용으로 불을 붙이면 뛰어다니는 어린이 장난감이다.

101 이타코 섬의 노래: '이타코부시(潮來節)'(원래 히타치노구니이타코常陸國潮來 지방의 민요)에 나오는 곳으로, '이타코 섬의 풀 속에 붓꽃이 피다니 점잖지 않은가'라는 구절이 있다. 그 후 이 노래는 에도의 유흥가에서 많이 불리게 되면서 변천해 갔다. '이타코'는 이바라기(茨城)현 나메가타군(行方郡)에 있는 마을로 도네(利根) 강변에 있는 수향의 중심지이다. 여기서는 '이타코부시'로서 '점잖지 않은가'라는 등 기녀가 노래를 불렀으나 기녀가 그 노래를 부르는 모습은 점잖지 않았다는 뜻이다.

102 진쿠(甚句): 7·7·7·5의 네 구절로 구성된 것으로 요네야마(米山) 진쿠 등이 있으며, 일본 향토 민요의 하나이다.

포레[103]를 불러대면서 춤을 추다가 미끄러져 넘어지고 평소에도 잘 두드리던 북을 손이 아닌 술잔 씻는 그릇[104]으로 데쓰가 두드리니까 세이키치는 오후사 옆에 드러누워서 '비녀를 꽂은 너는 그렇게 초만 마시고'[105] 라는 등 노래 연습을 하며 떠들썩하다. 그런 가운데서 뭔가 남다른 생각을 하는 듯한 얼굴을 한 마사가 목재를 운반할 때에 지르는 장단 맞추는 소리를 부드러운 목소리로 가다듬어서 '북쪽으론 우뚝 솟은 청산을' 하면서 전혀 다른 노래를 만들어내는 등 각각 제멋대로 노래하는 모습들.

왁자지껄한 대소동 끝에는 가위, 바위, 보도 점점 천박하게 되어서 여자가 젖가슴을 드러내고 배꼽 밑을 종이로 가려야 할 정도[106]가 되자 "자아, 이제 여기는 일단락하자."라고 하는 겐타의 한마디. 그러고 난 후엔 어디로 가는 걸까?

---

103 갓포레: '갓포레 갓포레'라는 말로 장단을 맞추면서 몸짓 손짓으로 추는 춤을 말한다.

104 ** 술잔 씻는 그릇: '하이센(杯洗)'으로, 술잔을 씻는 그릇이며 이것은 남과 술잔을 주고받는 자리에서 쓰인다.

105 비녀를 꽂은 너는 그렇게 초만 마시고: 속요(俗謠)의 하나인 듯하다.

106 배꼽 밑을 종이로 가려야 할 정도: 가위, 바위, 보의 승부로 진 자가 옷을 하나씩 벗어가다가 마지막에 다 벗겨진 상태를 말한다.

23

매가 날 때는 한눈을 팔지 않고 학이면 학 오로지 한 곳만 노리면서 구름도 꿰뚫고 바람에도 맞서면서 노리는 사냥감의 목을 완전히 잡아 올릴 때까지는 안심하지 않는 법이다.

주베는 마침내 오층탑 건립의 공사가 결정되고부터는 잘 때도 일어나 있을 때도 오로지 그것 하나만을 생각한다. 아침밥을 먹을 때에도 마음속으로는 탑을 씹고 밤에 꿈을 꿀 때도 영혼은 구륜 끝을 맴돌 정도이니, 하물며 일을 시작하고부터는 아내가 있다는 것도 다 잊어버리고 아이가 있다는 것도 다 잊어버리고 어제의 자신을 염두에 두지도 않고 내일의 자신을 생각지도 않고, 그저 한 자루의 도끼만을 치켜올려 나무를 자를 때에는 만신의 힘을 그것에 담고 한 장의 그림을 그릴 때는 일심의 정성을 거기에 쏟아, 오 척의 몸인 육체만은 개가 짖고 새가 노래하며 곤베(權兵衛)[107]네 집에 경사가 나면 모쿠우에몬(木工右衛門)네 집에 슬픔이 생기는 속세에 살기는 하지만 정신은 혼란한 인연에 빼앗기

107 곤베(權兵衛): 뒤에 나오는 '모쿠우에몬(木工右衛門)'도 여기서는 똑같이 특정 인물이 아닌 일반인을 말한다.

지 않고 필사적이라고 할 만큼 열심히 일에 몰두하니 전날 밤 겐타가 불쾌해했던 것이 마음에 걸리지 않는 것은 아니지만 평소의 굼벵이 기질이 더욱더 생겨나서 이미 어디론가 바람이 불어 가버린 것 정도로 자연히 가볍게 생각을 하다가 이윽고 아예 까맣게 잊어버리고 그저 그저 일에만 매달린 것은 어리석을 만큼 인정에 둔하고 한길 외에는 한눈을 팔지 않은 늙은 소의 치우(痴愚)와 닮은 데가 있다.

금박(金箔), 은박(銀箔), 유리(瑠璃), 진주(眞珠), 수정(水晶) 이상 모두 합친 다섯 가지의 보물(五寶)과 정자(丁子)[108], 침향(沈香), 백교(白膠), 훈육(薰陸), 백단(白壇) 이상 합친 다섯 가지 향료(五香), 그 외에 오약(五藥) 오곡(五穀)까지 갖추어서 오호쓰치미오야노카미(大土祖神)[109], 하니야마히코노카미(埴山彦神)[110], 하니야마히메노카미(埴山媛神) 등 모든 수호신을 모시고 제사 지내는 지진(地鎭)식도 끝나고 땅을 고르게 하는 것

108 ** 정자(丁子): 정향나무 꽃봉오리를 따서 말린 것으로 이것은 약제와 향료로도 쓰인다.

109 오호쓰치미오야노카미(大土祖神): 토지를 수호하는 신이다.

110 하니야마히코노카미(埴山彦神): '하니야마히메노카미(埴山媛神)'는 땅의 신으로 이자나미노카미가 가구쓰치노카미에 불타서 죽을 때 생겨난 신이며 남신(男神)과 여신(女神)의 두 신이다.

도 아무런 문제 없이 지나서 이제 초석은 그달의 생기가 있는 쪽에서부터 오른쪽으로 차차로 놓아가면서 오성(五星)[111]을 제사 지낸다.

그리고 공사를 시작하는 첫날의 큰 의식에는 대장장이의 길을 창시한 아마노마히토쓰노미코토(天目一箇命), 목수의 길을 연 데오키호오히노미코토(手置帆負命)[112], 히코사치노미코토(彦狹知命)를 비롯하여 오모히카네노미코토(思兼命)[113], 아마쓰코야네노미코토(天兒屋根命)[114], 후토다마노미코토(太玉命)[115], 나무 신이라고 하는 구쿠노치노카미(句句馳神)[116]까지

111 오성(五星): 화성 수성 목성 금성 토성을 말한다.

112 데오키호오이노미코토(手置帆負命): 『고고슈이(古語拾遺)』에 의하면 아마테라스오미카미(天照大神)를 아마노이와토(天岩戶)에서 나오게 했을 때 히코사치노미코토(彦狹知命)와 함께 미즈노미아라카(瑞殿)를 만든 공장(工匠)의 신이다.

113 오모히카네노미코토(思兼命): 다카미무스비노카미의 자식으로 생각을 아주 잘하여, 몇 명이 생각해야 할 것을 혼자서 해낸다고 한다.

114 아마쓰코야네노미코토(天兒屋根命): 나카토미(中臣) 씨의 조상신으로 아마테라스오미카미가 아마노이와토에 들어갔을 때 그 바위 문 앞에서 가구라(神樂)를 추고 노리토(祝詞)를 올린 신이다.

115 후토다마노미코토(太玉命): 인베(忌部) 씨의 조상신으로 아마쓰코야네노미코토와 협력하여 아마테라스오미카미를 아마노이와토에서 나오게 하려고 칭송하는 다타에노코토바(稱詞)를 올렸다.

116 구쿠노치노카미(句句馳神): 나무의 신이고 식수(植樹)의 신이며, 이자나기 이자나미 두 신의 자식이다.

일곱 신을 제사 지내고, 그다음 순서인 대패의 부정을 없애는 의식[117]도 순조롭게 끝나 동방제두뢰타지국천왕(東方提頭賴吒持國天王), 서방미로차광목천왕(西方尾魯叉廣目天王), 남방비류륵차증장천(南方毘留勒叉增長天), 북방비사문다문천왕(北方毘沙門多聞天王), 사천을 상징하는 기둥이여 천년 만년 흔들리지 말라고 비는 기둥 세우는 의식. 천성(天星), 색성(色星), 다원(多願)의 옥녀(玉女) 삼신[118]이며 탐랑거문(貪狼巨門) 등 북두칠성을 차례로 모시고 제사 지내면서 바라는 영구안호(永久安護).

순서대로 기둥의 쐐기를 우선 세 개씩 박아서 둘레에서 지켜보는 사람들에게 확인을 시키는 주베는 아무리 많았던 괴로움도 여기까지 오면 더러운 얼굴에도 빛이 날 정도로 기쁨에 마음이 들떠서 "흔들림 없는 시모쓰(下津)[119]의 바위 밑동으로 된 굵은 기둥."이라고 식을 올릴 때 부르는 옛 시

117 대패의 부정을 없애는 의식: '기요칸나노레(淸砲禮)'로, 건축 공사 때에 세 번째로 하는 의식으로 조립하기 위해 가공해 놓은 목재에다 다시 부정을 없애는 의식을 하는 것이다. 제단 앞에 서까래, 기둥 대들보 등을 갖춰놓고 한다.

118 옥녀삼신(玉女三神): 상량식 때에 모셔서 제사 지낸다.

119 ** 시모쓰(下津): 와카야마(和歌山)현의 마을로 귤이 많이 나는 곳인데, 여기에서는 기둥의 밑동을 수식하는 우타마쿠라(歌枕)적인 용어로 쓰였다고 생각된다.

가조차도 뭔지 모르게 공연히 기쁘고 "출세한 이 세상의 본보기로다."라고 그 밑에 이어 부르는 구를 읊조릴 적에도 싱글벙글 웃으면서 두 번이나 하고 제단을 바라보며 예배드리고 재계(齋戒)하면서 손을 마주치는 소리도 맑게 울린다.

이렇게 모든 것이 성취되도록 빌어 불제(祓除) 의식을 마치는 이곳의 모습과는 대조적으로 겐타네 집의 쓸쓸함은 이루 말할 수가 없다.

남편은 남자다워서 자기 생각을 밖으로 내색을 하지 않지만, 오키치는 아무리 털털하다고는 해도 역시 여자의 심성은 작은 것이라서 집을 드나드는 이들의 간노지 탑의 땅 굳히기가 오늘 끝났다 기둥 세우는 의식은 어제 끝났다고 하는 소리를 들을 때마다 분하고 짜증스러워한다. 그리고는 질투의 화염이 치솟아 올라 "네 이놈 주베, 은혜도 모르는 놈. 우리 남편의 마음이 관대한 것을 다행으로 기어올라서 잘도 이름을 날리고 입신까지도 한 것이 아닌가? 그렇게 이름을 날리고 입신을 했다면 우선은 인사라도 하러 와야 할 텐데, 시치미를 떼고 우쭐해서는 하루하루를 그냥 보내기만 하고 있다는 말인가? 그냥 지나칠 정도로 성질이 좋은 우리 남편도 남편이지만 밉살스러운 굼벵이 녀석도 또 굼벵이 녀석이고."라고 말하면서 뭔가 있을 때마다 수도 없이 이러쿵저러쿵 핏대를 올리면서[120] 화를 내고, 자기 머리 옆의 귀밑머리를 긁어 올리면서도 "에이 답답해라."라면서 죄 없는 머리카락을 막 쥐어뜯는가 하면, 한 푼 얻으러 거지가 와도 날카롭게 화내는 소리로 매몰차게 거절하는 짓거리를 하고 있었다.

그런데 어느 날 겐타가 외출하여 집에 없는 동안 허물없이 지내는 도에키(道益)라고 하는 수다쟁이 대머리 의사가 놀러 와서 사방팔방의 이야기를 하던 끝에 "어떤 사람이 가자고 해서 요전에 호라이야에 갔었는데요, 오덴이라는 여자한테서 자초지종을 들었습니다. 야아, 아무래도 이 댁 주인 어른은 남다르시더군요. 훌륭합니다. 남자는 그래야 한다고 탄복했습니다."라고 사탕발림 말을 반은 섞어서 별다른 생각 없이 꺼낸 말을 더듬어 올라가서 그날 밤의 자초지종을 상세히 들으니, 모를 때조차 분했었는데 알고 나니까 거듭거듭 얄미운 주베. 오키치는 마침내 화가 났다.

120 * 핏대를 올리면서: '간샤쿠노무시하네메구라시(かんしゃくの蟲跳ね廻らし)'로, 직역하면 '울화통의 벌레를 날리면서'라는 말이 되는데, 그 모습은 핏대를 올리면서 화내는 모습이다.

24

"세이키치, 자네는 칠칠치 못하고 의지도 눈치도 없는 남자일세. 왜 나한테는 털어놓고 요전 날 밤에 있었던 자초지종을 지금까지 말해주지 않았는가? 나한테 말해봤자 오히려 나만 딱해진다고 엉뚱한 배려를 한 것이겠지만 그래도 지금 내가 이러는 것을 너무하다고 한다면 그건 오히려 자네 근성이 비열한 것이야. 괜찮아, 자세한 이야기를 들었다고 해도 설마 내가 깜짝 놀라서 당황하고 허둥대는 일은 없을 테니까. 여자라고 깔보고 아무것도 알려주지 않고 숨겨두는 우리 남편의 생각이야 어떻든 간에, 자네들까지 나를 귀머거리에다가 장님 취급을 하며 시치미를 떼고 있다니 너무하지 않은가? 또 큰형님의 마음속을 빤히 알고 있으면서 조금도 개의치 않고 아주 태연하게 술에 마음이 들떠서 기생 놀이나 같이하는 것이 남자가 할 수 있는 것만도 아닐 텐데. 태평스럽게 그냥 이렇게 놀러 오다니, 세이키치 자네도 아주 바보로군. 평소엔 집에 안 계셔도 술을 마시게 했지만, 오늘은 상을 차려 줄 수가 없네. 김 한 장 구워주는 것도 싫고, 세상 돌아가는 이야기를 상대해 주는 것도 마음이 안 내

키는군. 마시고 싶으면 맘대로 부엌에 가서 술통 주둥이를 비틀게. 이야기하고 싶으면 고양이라도 상대 삼아 하면 되지 않는가?"라고 말한다.

그러나 아무것도 모르는 세이키치. 도에키가 돌아간 뒤에 우연히 들렀다가 실컷 오키치의 언짢은 말만 뒤집어쓰고는 이유도 알지 못하고 어이없이 놀라서 허둥지둥 갈팡질팡하며 상황을 물어보니, 자기도 지금까지 모르고 있었던 일이지만 듣고 보니 과연 무슨 일이 있어도 참을 수 없는 굼벵이에 대한 얄미움. 생명처럼 믿고 있는 큰형님에게 거듭거듭 은혜를 입고 있는 몸으로 지나치게 제멋대로 굴던 주베 녀석이 처신하는 모습. 어디까지나 친절하고 진실로만 대하던 큰형님의 얼굴을 깔아뭉갠 미운 짓도 밉구나. 어떻게 원수를 갚아줄까?

으음, 큰형님과 주베는 씨름 상대가 안 될 만큼의 신분의 차이가 있으니까, 굼벵이를 상대로 싸워봤자 야광(夜光) 구슬[121]을 자갈에 부딪히게 하는 것과 같을 것이다. 그러니까 충분히 화는 나 있어도 분별을 확실히 잘하고 참고 참아서 틀림없이 그 누구에게도 울분을 터트리지 않고 알리지도 않

121 야광 구슬: '야코노타마(夜光璧)'로 고대 중국의 전설에 나오는 구슬이다. 어두운 밤에 빛나기에 진귀하여 소중히 여겼다.

고 그냥 가만히 계시는 걸 거야. 에이, 큰형님도 매정하시지. 다른 놈에게는 어떻든 간에 이 세이키치에게만은 알려줘도 좋았을 텐데. 큰형님과 주베라면 이쪽이 손해지만 나하고 주베라면 손해 볼 것 없다. 그래 이놈 주베, 그냥 덮어두지 않겠다는 세이키치의 조급하고 얕은 생각.

"형수님, 모르고 있었으니 어쩔 도리가 없었어요. 용서해 주세요. 사정을 알았으니 이젠 가만있진 않겠습니다. 이 세이키치가 기생 놀이 같은 거나 같이하는 생각 없는 녀석인지 아닌지 두고 보십시오. 그럼." 하고 말소리 끝부분을 세차게 내뱉고는 격자문을 드르륵 열어젖히고 신발도 신지 않고 뒤도 돌아보지 않고는 바람보다도 재빨리 달려가 버리니 오키치는 새삼 마음에 걸리는 듯 뒤를 따르며 뒤에서 불러 세우는 소리를 두 번 세 번, 네 번째에는 어느새 그림자조차도 보이지 않게 되었다.

25

재목을 깎아내는 도끼 소리. 나무를 갈아내는 대패 소

리. 구멍을 파기도 하고 못을 박기도 하고 탕탕 탁탁 울리는 소리도 바쁜 듯하다. 나무 조각은 날아서 질풍에 나뭇잎이 나부끼는 듯하고 톱밥은 휘날리어 맑은 하늘에서 눈이 내리는 간노지 경내의 오층탑 건축 현장의 모습은 활기를 띠고 있다.

그런 속에서 감색의 무명 작업복이 목덜미를 죄어들 것 같은 것을 걸치고 다리가 쫙 빠진 작업복 바지를 멋지게 입고 신발을 걸쳐 신은 위세 좋고 용감한 의협심이 있어 보이는 모습. 자못 영리한 듯이 일하는 자도 있고 더러워진 수건을 어깨에 걸치고 양지바른 곳에서 웅크리고 앉아 유유히 끌을 갈고 있는 옷차림이 더러운 할아범도 있다. 도구를 찾으면서 갈팡질팡하는 남자아이. 끊임없이 나무를 자르는 날품팔이꾼. 사람마다 가지각색의 수고와 염려.

땀 흘리고 힘줘 일하는 그 사이에 총감독인 굼벵이 주베. 모두가 하는 일을 둘러보는 겸사겸사 먹줄 통 대나무 붓 곱자를 가지고 마음속에 있는 오층탑의 모습을 실물로 만들어내기 위한 지시와 명령을 내린다. 이렇게 잘라라 저렇게 파라. 여기를 어떻게 하고 어떻게 해서 거기에 이만큼은 경사지게 해라. 위로 부풀어 오르기를 얼마만큼 하고 들어가는 것을 얼마만큼 하고 입으로도 알려주고 끈으로도 길이를 알려주고 어려운 것은 나무 조각에 곱자를 직접 대고 써서 알려주기도 하고 가마우지처럼 매처럼 날카로운 눈초리로 빈틈없이 필사적으로 힘을 내면서 때마침 한 젊은이에게 조각할 그림을 그려 주려고 여념 없이 일하고 있는 바로 그때. 멧돼지보다도 더 빠르게 먼지를 일으키며 달려온 세이키치.

분노에 찬 얼굴은 불덩어리 같은데 쫙 찢어진 눈을 한층 더 크게 뜨고는 "야 이놈, 굼벵이. 죽어버려." 하고 대갈일성을 하니까 주베가 깜짝 놀라서 돌아보는 순간. 정면으로부터 바위도 깨지라고 내리치는 것은 번쩍번쩍하리만큼 아주 잘 간 도끼날에 세로로 손잡이를 끼운 것으로 목수에게 있어서는 칼과 같은 것이기 때문에 어떻게 할 수가 있었겠는가? 피할 시간도 없이 왼쪽 귀가 잘려 나가고 어깨 끝이 조금 잘리긴 했지만, 일을 그르쳤다며 다시 들이닥쳐 내리치는 것을 도망가면서 내던지는 못 통, 나무망치, 먹줄 통, 곱자 등. 그러나 무기가 없어서 방어할 방법도 없이 몸을 날려 도망가는 순간에 발을 처박은 연장통. 푹 찔린 십오 센티미터의 못. 뜻하지도 않게 넘어지자 웬 떡이냐며 기세등등하게 세이키치가 치켜드는 도끼날 끝에 석양빛이 번쩍하고 빛나 하늘과는 상관없는 번개가 이제나저제나 금방이라도 내리칠 듯한 그 순간 등 뒤로부터 내리치는 더없이 무서운 외마디.

"이 바보야."라고 외친 남자가 삼 미터도 넘는 통나무로 말 한마디 없이 양 정강이를 후려쳐서 넘어뜨리니까 그대로 넘어져서 더욱더 화를 내는 세이키치. 급히 벌떡 일어나려고 하는 목덜미를 붙잡고 "야이, 나야. 눈이 뒤집혔나, 이 바보 놈아."라며 아무런 힘도 안 들이고 도끼를 빼어 던지면서 위에서부터 쑥 내미는 얼굴은 어느 쪽에서 보아도 노려보는 것처럼 보이는 커다란 눈, 쭉 찢어진 일자 입과 화난 코, 그리고 소용돌이를 치듯이 동글동글 말린 곱슬머리는 부동명왕으로 착각을 일으킬 것 같은 얼굴 형상이다.

"야아, 불덩어리 큰형님[122]이잖아요? 사정이 있어요. 그냥 놔둬 줘요."라며 있는 힘을 다해서 뿌리치려고 몸부림치며 안달하지만, 소라같이 굳은 주먹으로 움켜쥐고는 "에에이, 바둥거렸다간 패 죽일 거야, 이 바보 같은 녀석.", "큰형님,

122 * 불덩어리 큰형님: '히노타마노오야분(火の玉の親分)'으로, 앞에서도 겐타가 주베에게 '소방서의 우두머리인 에이지(銳次)가 불덩어리 같다'고 말한 곳이 있는데 동일 인물이다.

무정하시군요, 이걸, 이걸 놔줘요.", "바보 같은 놈." "알지도 못하면서, 큰형님, 저놈을 살려둘 수는 없어요." "바보 같은 놈아, 울상을 짓고 있는 거냐? 얌전하게 굴지 않으면 또 팰 거야.", "큰형님 너무 해요.", "이 바보가 시끄러워. 패 죽일 거야.", "너무나도 모르세요, 큰형님.", "이 바보야, 또 팰 거야.", "큰형님.", "바보야.", "놔줘요.", "바보야.", "큰형님.", "바보야.", "놔줘요.", "바보야.", "형님.", "바보 녀석.", "놔.", "바보야.", "어이.", "바보, 바보, 바보, 바보. 꼴 좋다. 이젠 얌전해졌겠지. 우리 집으로 와라. 야이, 왜 그래? 녀석, 야아, 이 녀석 죽었구나. 아주 시시한 약해 빠진 녀석이구나. 야아이, 어느 놈이든 이리 와라. 필요할 땐 도망갔다가 이제 와 주베 둘레에 개미 떼처럼 몰려들면 무슨 소용이 있나. 바보들아, 이쪽은 다 죽어가고 있다는 말이다. 얼빠진 놈아 물이라도 떠와서 끼얹어 줘라. 떨어진 귀를 주워 놓은 놈이라도 있는가? 어리석은 놈. 떠 왔나? 상관할 것 없어. 한꺼번에 물통의 물을 모두 얼굴에 끼얹어라. 이런 녀석은 금방 되살아나니까. 옳거니, 세이키치. 정신 차려. 약해빠진 녀석. 어디 어디 이 녀석은 내가 업고 가야겠다. 주베, 어깨 상처는 심하지 않겠지? 으음, 됐어, 됐어. 바보들 잘 있게."

26

"겐타! 집에 있나?" 하며 들어 온 에이지를 오키치는 일어서서 "오오, 어르신. 자, 자아, 이쪽으로."라며 자리를 권하니까 쑥 들어가서 사양하지도 않고 화로 앞에 큰 책상다리를 하고 앉아서 끓여 내놓는 벚꽃잎 차를 반쯤 마시고는 오키치의 얼굴을 쳐다보았다.

"얼굴색이 나쁜데 어디가 아픈가? 겐타는 어디에 갔는가? 틀림없이 이미 들었겠지만 세이키치 녀석이 쓸데없는 짓을 저질렀어. 그것 때문에 좀 할 이야기가 있어서 왔는데. 으음, 그렇군. 벌써 주베네 집에 갔겠군. 하하하, 재빠르군 재빨러. 역시 겐타 군. 내 생각보다 더 먼저 몸이 재빠르게 움직이고 있었다니 믿음직스럽군. 뭐 아무것도 걱정할 것은 없어. 주베하고 큰스님께 겐타가 사죄를 하고 '자기가 잘 가르치질 못해서 자기 밑의 사람이 엉뚱한 착각을 했습니다' 하고 몇 번이고 용서해 달라고 세 번 네 번 머리를 숙이면 끝나버릴 일이지. 지나친 걱정은 필요 없어. 그래도 저쪽이 투덜투덜 투덜거리면 겐타가 정면으로 싸움을 받아 나서서 사건의 뒤처리를 하면 되니까. 어렴풋이 들은 소문으로는 주베도 귓불이 한 조각이든 반 조각이든 잘려나가도 원망할 수는 없을 터이고. 출랑이 세이키치도 꽤나 좀 이상한 멋을 냈다고도 할 수 있지. 하하하 그런데 딱하게도 내 주먹만 실컷 얻어맞아서 끙끙 괴로워만 하고 있지. 주베를 죽인 다음엔 어떻게 결말을 지을 작정이었느냐고 물으니까 그제야 겨우 깨달았는지 '아아 잘못했다. 혈기가 넘쳐서 큰 잘못을 저질렀다. 큰형님이 머리를 숙여야 하는 잘못을 저질렀구나. 아아, 미안해라.' 하면서 자기 온몸이 아픈 것보다 잘못을 후회하는 눈물을 뚝뚝 떨어뜨리는 딱한 모습이라니 어쨌든 귀여운 녀석이 아닌가? 그렇지, 오키치. 겐타는 참혹하게 세이키치를 혼내고 혼내서 주베한테 빌러 가라고까지 말할지 모르지만, 그것은 표면상의 의리니까 어쩔 수 없지. 이럴 때는 자네가 좀 달래주는 역할을 해야지. 세이키치를 어떻게든 그렇게 해서. 할 수 있지? 그야 겐타를 데리고 살 정도의 오키치 님이 못할 일은 없을 테니까. 아하하하 겐타가 없으니까 더는 이야기도 할 수 없지. 어디 돌아가 볼까. 맛있는 음식은 다음으로 미루지. 일이 생기면 언제라도 찾아와."
라면서 슬슬 이야기하고는 돌아간 뒤에 생각해 보면 미안하기만 한 일투성이.

여자의 얕은 생각으로 분별도 없이 세이키치에게 욕을 퍼부었는데 혈기 왕성한 젊은 남자가 잘못을 저질러서 아아, 딱하게도 세이키치는 죄인이 되어버리고 소중한 남편까지도 미워서 어쩔 수 없는 굼벵이에게 빌지 않으면 안 되게 되어버린 형편이니, 자칫 순간적으로 생긴 사건이지만 필시 내 입에서 나온 잘못. 이럴까 저럴까 어떻게 하면 좋을까 하고 화롯가에 올린 팔꿈치가 탁 미끄러져 떨어질 때까지 자신을 잊고 생각에 생각을 거듭한 끝에 결정을 내렸다.

"아아, 그래."라고 말하면서 일어나 장롱의 큰 서랍을 열고는 평소의 몸가짐을 위해서 넣어두었던 사향[123]과 서랍을 이리저리 뒤져 꺼낸 허리띠. 그것은 처음 이 집에 시집왔을 때 신혼의 기쁘고 부끄럽고 무서웠을 그때 맨 바로 그것이다. 사달라고 졸라댄 고급품인 하카타오비(博多帶)[124]며, 공단으로 만들어진 슈스오비(需子帶)[125]에는 미련도 없다. 결혼식

123 사향(麝香): 사향노루 수컷의 복부에 있는 향 주머니에서 채취한 향료이다.

124 하카타오비(博多帶): 일본 옷인 기모노의 허리띠 종류인데, 이것은 비단으로 된 가느다란 세로 실에 굵은 가로 실을 집어넣어서 옆에 턱이 생긴 두꺼운 천의 직물로 규슈(九州) 후쿠오카(福岡)현의 구로다가문(黑田家)이 매년 막부(幕府)에 헌납했었다고 한다. 여성 것으로는 마루오비(丸帶) 하라아와세오비(腹合帶) 등에 널리 이용되었다.

등 경사가 있을 때 입던 예복[126]에서 느껴지는 지난날은 이젠 좋았던 시절의 좋은 꿈이다. 지금 입고 있는 것은 산더미 같은 고생을 말하는 건지 야생의 누에에서 빼낸 실로 짠 줄무늬의 야마마유지마.[127] 날쌔게 던져 걸쳐보는 도비하치조(飛八丈)[128]는 요즘 좋아하는 섬세한 세로줄의 만 갈래 무늬[129]이다. 천 갈래 백 갈래 이것저것으로 마음은 흔들려도 남편을 생각하는 마음은 오로지 한길. 단 하나밖에 없는 가라슈친(唐七絲帶)[130]은 저택에서 고용살이했던 숙모가 기념으로 소중히 간직했던 것이지만 '이럴 때 남의 손에 넘기는 것

---

125 슈스오비(繻子帶): 주로 결혼식 등의 기쁜 일이 있을 때 매는 띠로, 비단이며 두텁고 광택이 난다.

126 경사가 있을 때 입던 예복: '삼마이가사네(三枚重)'로 긴 옷 석 장을 겹쳐 입는 것이다. 이것은 가문을 넣은 일본 예복으로 좋은 일일 때는 아랫단에 무늬가 있는 것을 입거나 단색의 겉옷 속에 흰옷을 두 장 또는 홍 백 두 장 등을 겹쳐서 입는다.

127 산더미 같은 고생을 말하는 건지 야생의 누에에서 빼낸 실로 짠 야마마유지마: '이마와구로노야마마유지마(今は苦勞の山繭縞)'로 '이마와구로노야마(今は苦勞の山)'와 야마마유지마('山まゆじま'), 즉 산더미 같은 고생을 나타내는 산이라고 하는 '야마(山)'와 야생의 누에인 야마마유의 '야마'의 두 가지의 의미를 겸한 것이다. 그리고 야마마유의 실을 비단실에 섞어서 짠 줄무늬 모양의 비단 천을 '야마마유지마'라고 한다.

128 도비하치조(飛八丈): 다갈색과 노란색 혹은 검은색의 격자 줄무늬로 짠, 명주로 된 일본 옷이다.

129 만 갈래 무늬: '게만스지(毛萬筋)'로, '만스지지마(万筋縞)'를 생략한 말이며 아주 섬세한 세로줄 무늬이다.

을 어떻게 아쉬워하겠는가'라며 이것저것 있는 대로 꺼내서 하녀를 시켜 싸게 하고 남편이 돌아오기 전에 다녀올 생각으로 머리에 꽂는 빗장식품도 재빠른 손놀림으로 작은 상자에 정리해 넣고서는 그것을 무참하게도 남의 전당포 창고 속에 처박고 얼만가의 돈을 주머니에 넣었다.

그러고는 연두색 수건으로 얼굴을 감싸고 작은 초롱을 들고는 어두운 밤도 두려워하지 않고 에이지네 집으로 향했다.

27

시노바즈 연못가에서의 어긋남으로 인하여 싹 변해버린 겐타의 마음속. 처음에는 이쁘게 생각했었다고 해도 지금은 너무나도 아니꼬운 그 주베에게 머리를 숙여 양손을 땅에 대고 빌지 않으면 안 되는 분통 터질 일. 그렇다고 해서 그냥 내버려두면 세이키치의 폭행도 내가 시켜서 한 것처럼

130 * 가라슈친(唐七絲帶): 중국으로부터의 수입품이며 시친이라고도 해서 일곱 가지 이상의 색실로 여러 가지 무늬를 넣은 수자직으로 짠 비단 옷감이다. 여성 일본 옷 정장의 오비(帶)라고 하는 띠나 겉옷인 하오리(羽織) 등에 쓰이며, 특히 에도시대 초기에는 상류사회의 귀중한 선물로 인기가 있었다.

의심을 사게 되어 아무것도 모르는 내가 기분 좋지 않은 누명을 쓰게 될 것이 뻔하니 억울하기만 하다. 그렇지 않아도 재미없는 요즈음 쓸데없이 마가 껴서 하찮은 마음고생을 해야 하는데 바보 같은 세이키치 녀석이 한 행동 때문에 하지 않을 수 없는 씁쓸한 일로 한층 더 마음은 편치 않다.

그렇지만 결말을 지어야 할 일에 결말을 짓지 않고 그냥 가만히 있어야 할 까닭도 없으니까, 이것도 모두 자연히 생겨난 일이니 어쩔 도리가 없다고 단념하고, 싫지만 싫은 대로 주베네 집을 찾아갔다.

그리고는 뜻하지도 않은 재난을 물어보며 위로하고 동시에 세이키치를 제대로 단속하지 못한 것을 빌고는 굼벵이 부부의 모습을 보니까 주베는 언제나처럼 말도 하지 않는 채로 앉아 있고 오나미는 여자답고 상냥하게 "다행히 상처도 어깨에 난 것은 얕아서 크게 탈 난 것이 없으니 이젠 걱정하지 마세요. 일부러 문안을 와주시니 참으로 송구스럽네요."라며 빈틈없는 말은 하지만 새삼 말씨에 격식을 차렸으니, 자연히 어딘가에 모난 데가 있는 것은 물어보지 않아도 다 아는 가슴속. 어쩌면 겐타가 세이키치에게 은밀히 말을 품어 시킨 것이 아닐까 하고 의심하고 있음이 틀림없다.

에에이, 끔찍해라. 주베도 아마 나를 그렇게 보고 있을 거야. 빨리 때가 됐으면 좋겠다. 그러면 이 겐타가 복수하는 모습을 보여주지. 세이키치처럼 비열한 녀석이 한 것에 비할 수 있겠는가? 손자귀로 한쪽 귀를 잘라내는 것 같은 하찮은 짓을 내가 하겠는가? 내 화는 나무 조각에 불이 확 붙었다가 금방 꺼지는 것 같은 그런 참을성도 굳은 의지도 없는 그런 하찮은 것으로는 때울 수도 없고 승낙할 수도 없다. 오늘 있었던 잘못된 일은 오늘의 잘못된 일이고 내 울화통은 내 울화통이니까 별개의 문제로서 전혀 상관이 없다. 겐타의 수법은 알게 될 때 알고 깨닫게 될 때 깨닫게 될 것이다. 마음속에 마침내 불평을 갖게 되었지만 아주 작은 먼지만큼도 겉으로는 내색하지 않고 의리상의 인사를 멋지게 끝내고 곧장 그 발로 간노지를 향하여 큰스님을 찾아뵙고는 여하튼 자신이 밑에 데리고 있는 자의 발칙함에 대한 용서를 빌었다. 그러고는 집에 돌아와서 이젠 지금부터 에이지를 찾아가서 그때 세이를 못하게 말려준 인사말도 하고 그때의 상황도 듣고 또 한편으로는 실컷 세이를 저주하며 혼내고 이제부턴 절대 우리 집에 드나들지 못하도록 명령하려고 나가려고 하다가, 오키치가 집에 없는 것을 이상하게 생각하고 어디 갔느냐고 물었다.

"어딘가에 잠깐 다녀오겠다고 하시면서 나가셨습니다." 라고 아무렇지도 않은듯한 얼굴로 하녀가 대답한다. 입단속을 한 줄은 모르기 때문에 "오오, 그런가? 그럼 됐다. 나는 불덩어리 형님네 집에 놀러 갔다고 오키치가 돌아오면 그렇게 말해라."라고 말하고는 신발을 걸쳐 신고 막 나가려 하는 참에 담죽으로 된 지팡이를 터벅터벅하며 탄 자국이 나 있는 초롱불을 한 손에 들고 노인네 걸음으로, 쳐다보는 눈에는 웃음을 머금고, 허리를 구부리고 이쪽으로 오는 할멈. "오오, 세이의 어머님이 아닌가?", "아, 어르신이셨군요."

28

"아아, 마침 잘 만났습니다만 어디 나가시는 길이십니까?"라며 성급하게 노파가 물으니까 겐타는 가볍게 고개 숙여 인사를 하고는 "아니, 괜찮아. 사양하지 말고 이쪽으로 들어오시게. 일부러 밤길을 걸어온 것 같은데 무슨 급한 일이 있어선가? 들어주지."라면서 되돌아왔다.

"예예, 고맙습니다. 외출하시려고 하는데 죄송합니다. 실례합니다, 예예."라고 말하면서 뒤를 따라서 격자문을 지나 들어섰다.

"추울 텐데 이렇게 찾아오다니? 공교롭게도 마침 오키치도 없어서 대접해드리지도 못하지만 쭈그리고 있지 말고 이리 다가와서 불이라도 쬐시게."라고 친절하게 말하는 겐타의 말에 더욱더 몸이 굳어져 쭈그리고 앉아서 "대접을 해주시면 오히려 송구스럽습니다. 예예, 회로(懷爐)[131]를 가지고 있으니까 이대로도 충분합니다."라며 배짱도 없이 떨어지는 콧물을 다 낡은 한텐(半天)[132] 소매로 닦으면서 멀리 떨어져서 입구 가까이에 쭈그리고 앉아, 뭔가 말을 꺼내려고 하는 기색이다.

겐타도 재빠르게 대충 눈치를 채고 노인네의 마음속은 필시 아주 딱한 처지일 것이라고 짐작한다. 쓸데없는 일을 저질러서 내 속을 태운 세이키치의 주제넘은 짓을 사납게 욕하고 응징하여 당분간 집 출입을 금한다는 말을 하러 마침

131 ** 회로(懷爐): 불을 담아 품속에 지니는 작은 화로이다.

132 한텐(半天): 일본 겉옷인 하오리(羽織)와 같은 모양인데 안에다 솜을 넣은 것이다.

에이지네 집에 가려던 참이었지만, 보니까 자식을 빼고는 아미타불 외에는 별로 친한 사람도 없을 것 같은[133] 연약한 할멈이 불쌍하게 생각되었다. '내가 세이키치를 뿌리치면 몸이 마치 허리 약한 화살 줄이 끊어진 듯한 느낌[134]이 들겠지. 그러면 살아 봤자 소용없는 목숨이 살아가는데 의욕도 없고 목적도 없어져서 얼마나 슬퍼하고 비탄하겠는가? 그러고는 많이 남지도 않은 여생을 푸념의 눈물로 지새우며 살아 맑고 상쾌한 기분이 드는 날도 없이 인생이 끝나게 되겠지'라고 생각을 하면 할수록 딱한 마음이 더 생겨서 그만 담배만 비틀고 있었다.

할멈은 조금씩 무릎걸음으로 다가와서 "밤에 찾아와서 정말로 미안합니다. 저, 좀 부탁드리고 싶은 일이 있어서요. 예예, 이미 알고 계시겠지만 저놈의 세이키치가 엉뚱한 짓을 저질렀다고 하는데. 예예, 데쓰고로 님한테서 대충은 들었습니다만 평소에도 성질이 급한 녀석이라 당장에 때리니

133 아미타불 외에는 별로 친한 사람도 없을 것 같은: 절에 다니는 것밖에는 자기가 친하게 지내고 있는 사람도 없다는 말이다. 아미타불(阿彌陀佛)은 아미타여래로 서방 극락정토에 있는 자비심이 깊은 부처이다.

134 몸이 마치 허리 약한 화살 줄이 끊어진 듯한 느낌: 불안한 마음을 뜻하는 것으로 '허리 약한'이란 할머니의 모습에서 연상된 말이다.

자르니 하며 소란을 피워대서 그때마다 조마조마해 간담이 서늘했습니다. 덕분에 지금은 그래도 어엿한 사람 구실을 하고는 있습니다만 아직도 어린애 같은 정말로 고지식한 데가 있어 나쁜 일이나 올바르지 못한 일은 결단코 하지 않습니다만 몹시 흥분하면 분별력이 없어지는 난처한 녀석입니다. 예예, 악의는 꿈에도 없는 녀석입니다. 예예, 그것은 알고 계시다고요? 예, 고맙습니다. 뭐가 어떻게 되어서 싸움을 했는지는 모르지만, 너무나도 얼토당토않게 손자귄가 뭔가를 휘둘러댔다고 하는데 그 소리를 들었을 때는 내가 손자귀로 잘린 듯한 기분이 들었습니다. 소방서의 우두머리님이라든가 하는 분이 다행히도 잡아 말려주셨다고 하니 천만다행입니다. 상대방이 죽기라도 했다면 저 녀석은 범죄인. 저는 저것 없이는 살 수가 없습니다. 예, 고맙습니다. 저 녀석이 어렸을 때는 자주 병에 걸려 고생을 했었는데요 보통 일이 아니었습니다. 겨우겨우 귀자모신(鬼子母神)[135] 님의 은혜를 입어 만족스럽게 자라긴 했습니다만 다 나으면 일곱 살

135 귀자모신(鬼子母神): 불교의 여신으로 왼손에는 어린아이를 안고 있으며 오른손에는 길상과(吉祥果)를 들고 있다. 안산과 육아를 도와주는 여신인데 처음에는 인간의 자녀를 잡아먹었다고도 전해진다.

이 되기 전에 그 절의 땅을 밟게 하겠다고 말을 하고 있었으면서도 어느덧 그만 다른 일에 얽매여서 인사드리러 보내는 일을 하지 않았던 그 죄 탓인지 튼튼하게 자라긴 했습니다만 보시는 바와 같이 너무 무모하여 언제나 폐를 끼치고 있습니다. 오늘은 또 오늘대로 데쓰고로 님이 이것저것 간추려서 이야기하셨을 때는 얼마나 놀랐는지, 칼자루까지 준비했다고 들었을 때는 '아이고 또 그랬나' 하는 정도가 아니라 생각지도 않게 가슴이 쿵덕 내려앉아 찢어질 것 같았습니다. 소방서의 우두머리님이라는 분이 데리고 있어 주신다고 하니 안심해도 될 것 같은데 세이키치 녀석은 다치지는 않았느냐고 물어보니까 데쓰 님이 애매한 대답을 하십니다. 특별한 것은 없으니까 걱정하지 말라고 말씀하시니 오히려 더욱더 걱정되어서 그 우두머리님 댁이 어디냐고 물어보니까 거기에 어머니가 가는 것이 좋을지 안 가는 것이 좋을지 난 알 수가 없으니까 어쨌든 우리 어르신을 찾아뵈라는 말을 내뱉고는 돌아가 버렸습니다. 그래도 계속 가슴이 쿡쿡 쑤시고 아파 앉아 있을 수도 서 있을 수도 없어서 우산 만드는 옆집 사람한테 집을 봐 달라고 부탁하고 이렇게 겨우겨우 찾아왔습니다. 아무쪼록 소방서의 우두머리님인가 하는 분의 집이 어딘지 가르쳐주십시오. 예예, 곧장 찾아뵐 생각입니다. 어떤 모습을 하고 있는지? 만약에 오히려 크게 다치기라도 한 것이 아니겠는지요? 다치지 않았다면 빨리 만나서 안심하고 싶고 싸운 상황에 대해서도 듣고 싶습니다. 괜찮겠지, 정도에 어긋나는 일은 절대로 하지 않겠지 라고 믿고는 있습니다만 젊은이가 하는 일이니 어쩌다가 잘못 생각해서 저지른 일이라면 상대방인 주베 님에게 이 할멈이 열심히 빌어서, 할멈은 설령 어떤 일을 당한다 해도 아깝지 않은 늙은이니까, 지금부터 살날이 많은 저 녀석이 남의 원한을 사는 일이 없도록 해야 하지 않겠습니까?" 하며 떨리는 목소리로 눈물을 흘리며 하는 이야기.

일의 자초지종도 모르면서 오로지 자기 자식을 생각하는 늙은이가 되풀이하는 말. 이 대답을 하기에는 겐타도 애를 먹었다.

29

"하치고로, 거기에 있느냐? 누가 온 것 같으니까 열어주어라." 하고 말하니까 하치고로는 "무슨 일인지 이상하다. 여자인 것 같은데."라고 입속으로 중얼거리면서 "누구야, 지금 이런 시간에 여자를 싫어하는 우리 우두머리님을 찾아오는 것은. 자, 들어와." 하며 거침없이 문을 잡아당기니까 "핫씨, 고마워."라며 가볍게 인사를 한다.

초롱불을 불어서 끄고 머릿수건을 풀고 있는 것은 추석이나 설날에 마음을 베풀어 준 오키치라고 알아차린 하치고로는 당황해서 속에 옷도 안 입은 채 그저 한 장 걸친 솜옷의 앞이 벌어져서 때가 낀 훈도시[136]가 보이는 것을 서둘러 여며 감추면서 "우두머리님, 아니 저, 아니 형수님입니다."라며 성급히 안에다 소리를 질러대는데, 아니 아니 하는 소리만 들어도 알 수 있는 에도 토박이.

"오오, 그런가? 오키치가 왔는가? 잘 왔네. 자아, 거기 먼지가 없을 만한 곳에 앉게. 바퀴벌레가 기어가니까 조심하게. 남자만 사는 집은 더러운 것이 장식이니까 어쩔 수가 없네. 나도 자네 같은 좋은 마누라라도 얻으면 깨끗하게 할 텐데."라고 말하면서 아하하하 하고 웃으니까 오키치도 웃으

136 ** 훈도시: 남자의 국부를 가리는 기저귀 같은 긴 천인데 현대의 팬티 종류이다.

면서 "그렇게 되면 또 더럽다 더럽다 하고 엄하게 꾸중하실 지도 모르겠네요."라고 서로 두세 마디 농담을 주고받은 후에 오키치는 좀 정색을 하고 "세이키치는 자고 있습니까? 어떤 모습인지 보고도 싶고 마음에 걸려서 찾아왔습니다."라고 말한다.

에이지도 그 말을 되받아 끄떡이며 "세이는 지금 방금 곤히 잠들어서 일어날 것 같지도 않은데. 상처라고 해도 특별히 있는 것도 아니고 머리통이 깨진 것도 아니니까 접골의사가 아까 말하기로는 심하게 흥분한 상태에서 엉망진창으로 두들겨 맞았기 때문에 일시적으로 기절하긴 했지만, 틀림없이 크게 염려될 것은 없다니까 보고 싶으면 잠깐 살짝 보든지."라면서 앞장서서 인도하는 뒤를 따라가는 오키치.

다다미 석 장 크기의 방에서 꿈을 꾸듯 아예 정신없이 자는 세이키치를 보니까 얼굴도 머리도 퉁퉁 부어서 이렇게 될 정도로 팬 에이지의 혹독함이 원망스러울 만큼 딱한 모습이지만, 이미 끝난 일은 어쩔 수가 없고, 자리에 돌아와서 에이지를 마주 보고 "우리 남편은 틀림없이 세이키치의 쓸데없는 손찌검에 화를 내서 큰스님이나 주베에 대한 의리도 겸해서 심하게 혼내거나 출입을 금하거나 뭔가 하거나 할 텐데요. 원인을 따져보면 세이키치가 자기 생각으로 한 것은 아니고 필시 우리를 위해서 상관도 없는 화를 그만 불끈불끈 낸 것뿐이니 나는 어쨌든 우리 남편이 하는 것만을 보고 있을 수가 없는 데다가 좀 특별히 사정이 있어서 내가 어떻게든 해주지 않으면 이 마음이 가만있을 수 없는 사정도 있어서 이것저것 여러 가지로 걱정한 끝에 떠오른 것이 일 년이나 일 년 반 정도 세이키치가 이곳을 떠나 있으면 어떨까 합니다. 남의 소문도 멀어지고 우리 남편의 기분도 좋아지면 어떻게든 수습할 길은 얼마든지 있을 테니까 우선 그때까지는 교(京)나 오사카(大阪) 근처에서 지내게 하려고 여비도 마련해 왔으니까 적지만 맡겨 두겠습니다. 아무쪼록 잘 말씀하셔서 세이키치한테 전해주십시오. 우리 남편은 아시는 바와 같이 속마음이 따로 없는 사람. 마음속으로는 어떻게 생각하든 일단은 세이키치에게 냉혹하게 대할 것이 틀림없고 미련 없다는 듯이 혼낼 것이 뻔합니다. 그때 가령 세이키치가 뭐라고 말해도 들어주지 않을 것도 뻔한 일이고 옆에서 내가 말참견을 해도 의리는 의리니까 어쩔 수 없을 겁니다. 그렇다고 해서 욕심으로 저지른 잘못도 아닌 남자 하나를 전혀 의지할 곳도 없이 해놓고 모르는 척해서는 아무래도 제 마음이 편칠 못합니다. 그 홀어머니는 세이키치만 없으면 우리 남편에게도 이야기해서 도와주도록 할 것이고 우리 남편도 싫다고 하는 그런 몰상식한 말은 할 리가 없으니까 걱정할 것은 없지만, 내가 오늘 밤 여기에 온 것이나 뒤에서 세이를 도와주려고 하는 것은 우리 남편에게는 당분간 비밀로 해주세요."

"알았어. 훌륭해. 이젠 볼일은 끝났겠지? 돌아가게, 돌아가. 어쩌면 겐타가 올지도 모르잖아. 마주치면 난처할 텐데."라고 애교는 없으나 진정성이 있는 말에 오키치가 기쁜 마음으로 부탁해 놓고 돌아가니까 그 뒤를 엇갈려서 들어오는 겐타. 생각했던 대로 세이키치에게 출입을 금하고 사제의 인연도 끊는다고 말을 한다. 에이지는 웃으면서 입을 다물고 세이키치는 울며 빌었는데, 그날 밤 겐타가 돌아간 후에 세이키치는 오키치가 왔다 갔다는 에이지의 말을 듣고는 또 울었다. 그러고는 개가 되어서라도 나는 형수님 부부의 곁을 떠나지 않을 거라고 소리를 질렀다.

사오일 지나서 세이키치는 하치고로(八五郎)의 배웅을 받으면서 하코네(箱根)의 온천지를 향해서 에도를 출발했는데 그로부터 거슬러가는 도카이도(東海道)[137], 도착하는 곳은 교

(京)나 오사카(大阪)이지만 꿈속에선 언제나 겐타, 오키치가 사는 아즈마[138]였을 것이다.

30

주베가 상처를 입고 돌아온 다음 날 아침. 평소처럼 빨리 일어나 밖으로 나가니까 오나미는 놀라서 성급히 말리면서 "아니, 당치도 않아요. 며칠 쉬어요, 쉬어요. 오늘은 유독 아침 바람이 찬데 파상풍에라도 걸리면 어떻게 하려고요. 제발 쉬어주세요. 물도 금방 끓을 테니까 입 가시고 세수하는 것도 거기서 제가 해줄게요."라며 부서진 화덕에 걸쳐놓은 이 빠진 솥 밑에 불을 더 때면서 마음을 졸이며 말을 한다.

137 ** 도카이도(東海道): 에도시대에 만든 오가도(五街道)의 하나로, 에도에서 교토에 이르는 큰길이다.

138 꿈속에선 언제나 겐타 오키치가 사는 아즈마(東都): 일본의 전통 카드놀이인 '이로하가루타(いろはガルタ)'의 마지막이 '교(京)의 꿈 오사카(大坂)의 꿈'인 것에 의하고 있다. 세이키치에게는 마음은 언제나 겐타 오키치가 사는 동쪽인 아즈마, 즉 에도에 있다는 것을 말하고 있다.

그러나 전혀 아무렇지도 않은 듯이 주베는 웃으면서 "아픈 사람 취급받을 만한 일은 없어. 수건만 좀 짜 주면 얼굴도 혼자서 씻는 것이 기분이 더 좋아."라고 말하며 테가 느슨해진 작은 나무 대야에 스스로 물을 퍼붓고는 별로 괴로운 듯한 표정도 보이지 않으면서 평소처럼 행동하니까 오나미는 어이없어 하면서도 한편으로 걱정을 한다.

그러나 주베는 조금도 개의치 않고 아침밥을 마치고 일어나서 갑자기 옷을 벗어 던지고는 작업복 아래위를 입으려고 한다. 오나미는 "당치도 않아요. 어딜 가려고요. 아무리 일이 중요하다고 해도 어제 그 상처를 입고 그다음 날로 일을 하겠다니요. 아직 상처가 아물지도 않았으려니와 아픈 것도 가시지 않았을 텐데. 가만히 있어라, 몸을 움직이지 말아라, 별 지장은 없겠지만 다 나을 때까지는 만반의 조심을 하고 삼가는 것을 첫째로 생각하라던 의사 선생님의 말씀도 있었는데 이렇게 막무가내로 간노지에 갈 생각인가요? 너무 지나쳐요. 설사 갔다고 해도 일할 수가 없을 거예요. 안 간들 누가 나무라겠어요? 안 가면 안 된다고 생각한다면 내가 얼른 단숨에 달려가서 큰스님을 만나 뵙고 삼사일 좀 쉬도록 직접 부탁드리고 오겠어요. 자비심이 깊으신 큰스님께서 승낙하지 않으실 리가 없어요. 틀림없이 충분히 쉬고 소홀히 하지 말라고 말씀하실 것은 뻔한 일. 자 이것을 입고 집에 들어가서 적어도 상처가 다 아물 때까지 얌전하게 있어 주세요."라고 말하면서 일념으로 말리고 타이르고 달래면서 벗은 것을 주워서 다시 입힌다.

"쓸데없이 성가시게 굴지 마라. 작업복을 입혀. 이것은 필요 없어." 하며 쓸 수 있는 오른손으로 밀어젖힌다. "아니 그렇게 말하지 말고 집에 있어요."라며 또 입히면 밀어젖히고, 남자는 의지 여자는 정.

말싸움이 끝나질 않으니까 과연 주베도 좀 화를 내고는 "알지도 못하면서 여자인 주제에 방해까지 하다니 재수없게시리. 됐어, 이젠 부탁 안 해. 혼자 입을 거야. 그까짓 지렁이처럼 조금 부어오른 것을 가지고 하루라도 일을 쉬고 어떻게 직공들의 위에 설 수 있겠어? 당신은 조금도 알지 못하겠지만 이 주베는 어리석고 바보라고 평소에도 항상 놀림을 당해 온 몸이기 때문에 직공들이 나를 깔보고 눈앞에서는 내 지휘를 따라서 일하는 척해도 뒤에서는 제멋대로 게으름을 피우고 헐뜯고 실컷 조롱하는 걸 난 잘 알아. 겉으로는 아닌 척하면서도 누구 하나 참으로 일을 잘하겠다는 마음가짐을 갖고 일을 하는 자가 없어. 아주 한심해. 어떻게든 꾸밈이 아니라 진심으로 전력을 다해 주었으면 좋겠어. 일에 푹 빠져서 아주 열심히 해 줬으면 좋겠다고 타이르면 머리를 꾸벅꾸벅 숙이면서 그럴 것같이 하지만 뒤돌아서선 코웃음을 치고, 혼을 내면 입으로는 빌면서 얼굴로 화를 내고, 생각하다 못해 나를 낮추고 겸손하게 대하면 기어오르는 분함, 슬픔, 괴로움. 매일매일 우두머리, 우두머리 하면서 많은 이들이 치켜세우는 것은 보기에도 훌륭하고 좋은 것이지만 속으로는 울고 싶은 일 천지야. 차라리 구멍이나 파면서 부림을 당하는 쪽이 괴롭지 않다고 생각할 정도야. 그런 속에서 이렇게든 저렇게든 오늘날 여기까지 이루어 왔는데 오늘 쉬면 큰 실패를 하게 돼. 가슴이 아프니까 빨리 돌아가겠어요, 머리가 아파서 늦었습니다는 등 모두가 게으름을 피우게 될 건 뻔한 일인데 그럴 때 자기가 쉬고 있으면 뭐라고 말 한마디 할 수가 없으니까 일을 질질 끌게 되고 진척이 더뎌지게 되어서 당연히 될 것도 안 되게 된다고.

만에 하나라도 일을 그르쳐서는 큰스님, 겐타 큰형님께 얼굴을 들 수가 있겠는가? 이봐, 살아 있어도 탑이 만들어지지 않으면 말이야, 이 주베는 죽은 거나 마찬가지야. 죽는 한이 있더라도 이 맡은 일을 완성하지 않으면 당신 남편은 살아 있지 않은 거야. 두세 치의 손자귀 상처를 갖고 누워 있을 수 있어 없어? 파상풍이 무서운가, 일이 안 되는 게 무서운가? 만약에 한쪽 팔이 잘려 나갔다고 해도 모든 것이 성취되는 그날까지는 가마를 타고서라도 가지 않으면 안 돼. 더군다나 이까짓 지렁이만큼 부어오른 것을 가지고."라고 말하면서 오나미 손안에서 빼앗아 든 작업복 상의에 왼쪽 손을 끼우려고 하면서 찡그리는 얼굴을 보니 마누라는 다툴 수가 없고 다투다가 져서 상처를 돌보면서 결국은 한텐 작업 바지까지 입혀서 내보내는 마음속은 뭐라고 말로 이루 다 형언할 수가 없었다.

'주베가 설마 오진 않겠지'라고 생각하던 모든 직공들. 드문드문 여덟 시쯤부터 와보고는 깜짝 놀라는 순간 "열심히 일해 줘서 참 기쁘네."라는 주베의 말 한마디에 모두 식은땀을 흘렸는데 그날부터 모두가 힘써 일하며 어제와는 다른 몸놀림을 보여주었다. 하나를 들으면 둘이 아닌 셋까지 일을 하고 둘을 말하면 넷까지 움직이니 굼벵이는 한쪽 팔을 못 쓰게 됨으로써 많은 팔을 얻어 하루하루 공사가 순조롭게 진척되어 어깨 상처가 다 나을 무렵에는 탑도 거의 다 완성되었다.

31

때는 일월 말경. 굼벵이 주베는 쓰라린 고생을 한 보람이 있어 간노지 쇼운탑이 드디어 멋지게 완성되었다. 계단 발판을 치우니까 점차로 나타나는 한층, 한층, 또 한층. 오 층이 우뚝 치솟은 모습은 금강역사(金剛力士)[139]가 마군(魔軍)을 노려보며 십육장(十六丈)[140]이나 되는 모습을 드러내어 지축을 흔들 만큼 발을 구르고는 바위 위에 우뚝 선 것과 같다.

'장하다. 훌륭하게 세워졌구나. 아아, 상쾌한 세공을 해놓았구나. 희유하구나, 미증유하구나, 또 있을 리 없구나'라면서 다메우에몬에서부터 문지기까지도 처음 굼벵이를 깔본 일은 잊어버리고 찬탄하니까 엔도를 비롯하여 절 안에 있는

139 금강역사(金剛力士): 불법을 수호한다는 두 신이다. 아주 용맹하여 절 문의 양옆에 놓는다.

140 십육장(十六丈): 약 48미터이다.

모든 승려들도 뛰어오르며 기뻐한다.

'이거야말로 간노지의 오층탑이다. 아아, 기쁘구나. 우리가 믿고 의지하는 스승은 이 세상에서 어깨를 겨룰 만한 자가 없으며, 팔종(八宗), 구종(九宗)[141]의 덕이 높은 스님들이 가지각색으로 훌륭하신 중에서도 아주 뛰어나고, 예를 들면 사자왕(獅子王)[142], 공작왕(孔雀王)[143]같이 우리가 믿고 의지하는 이 절의 탑도 아주 뛰어나서, 나라(奈良)나 교토(京都)는 어떨지 몰라도 우에노(上野)[144], 아사쿠사(淺草)[145], 시와산나이(芝山內)[146] 등 에도에서는 이것을 이길 만한 것이 없다. 특히 흙먼지 속에 파묻혀서 틀림없이 빛도 발휘하지 못하고 끝날 남자를 주워 올려서 마음속에 있는 옥구슬의 빛을 이 세상에 나오게 한 스승[147]의 미덕. 인고에도 해이해지지 않고 지

141 팔종(八宗), 구종(九宗): '팔종'은 불교의 여덟 종파로 인도에서 중국으로 들어온 후에 나뉘었다. 구사(俱舍), 성실(成實), 율(律), 법상(法相), 삼론(三論), 천태(天台), 화엄(華嚴), 진언(眞言)의 각 종파를 말한다. '구종'은 어조를 맞추기 위해서 넣은 말이다.

142 사자왕(獅子王): 백수의 왕이라고 불리는 사자를 칭송하며 하는 말이다.

143 공작왕(孔雀王): 공작을 칭찬한 말로 날개를 폈을 때의 아름다움을 찬미하는 것이며, 또 불교에서의 '공작명왕(孔雀明王)'에 대한 연상도 있을 것이다.

144 우에노(上野): 우에노의 간에지(寬永寺)를 말한다.

145 아사쿠사(淺草): 센소지(淺草寺)를 말한다.

146 시와산나이(芝山內): 조조지(增上寺)를 말한다.

기에 보답하여 드디어 이루어 낸 주베의 믿음직스러움. 재미있으면서도 또 아름다운 이상한 인연일세 훌륭한 인연일세. 하늘이 이룬 것인가, 사람이 이룬 것인가? 혹은 또 제천(諸天)[148], 선신(善神)의 은덕으로 조종된 것인가? 집 만들기를 아주 잘했다던 다니카손자(達貳伽尊者)[149]의 소문은 있어도 부처가 이 세상에 존재할 때에도 이렇듯 상쾌한 일이 있었던 일은 아직 들은 적이 없고 당나라에서도 들은 적이 없구나.'

이어서 낙성식이 있을 때는 '내가 부처님의 공덕을 칭찬하는 시를 만들어야지 문장을 만들어야지. 내가 노래를 읊고 시를 지어서 칭송해야지, 찬양해야지, 읽어야지, 써야지'라면서 각각 서로가 말한다. 이것은 욕심만이 아닌 인간의 정이 순진하고 또 특별한 것을 나타내는 것인데 비해서 알 수 없는 것은 하늘의 마음이다.

엔도와 다메우에몬 둘이서 계획한 것으로 아주 성대하게

---

147 스승: 로엔 큰스님을 말한다.

148 제천: 불전(佛典)에 나오는 말로 천상계의 여러 신을 말한다.

149 다니카손자(達貳伽尊者): 원래는 도공의 자식이다. 초가집을 지어서 세 번 사람들이 부수고, 붉은색으로 빛나는 도기로 된 집을 지었으나 부처가 혼내고 부쉈다. 그 후 빈파사라왕(頻婆娑羅王)의 재장(材匠)인 목수에게서 큰 목재를 얻어 나무로 된 집을 만들어서 왕이 소환했다고 한다.

낙성식 집행 날짜도 거의 정해졌다. 그날은 빈부귀천, 남녀노소 모두가 구경하는 것을 허락하고 가난한 자에게는 넘쳐날 것 같은 돈을 베풀어 주베 및 그 밖의 사람들의 노고를 위로하고 상금을 내리는 한편, 또 가면극[150]을 공연해서 세상에서 아주 신기한 탑 공양을 할 예정으로 준비를 여러 가지 골고루 한참하고 있을 바로 그때. 한밤중의 종소리가 둔해지면서 여느 때와는 달리 귀에 탁하게 들린 것을 시작으로 점점 이상한 바람이 불기 시작하더니 자고 있던 아이가 저도 모르게 이불을 걷어찰 만큼 공기가 미지근해짐에 따라 덧문이 덜컹거리며 흔들리는 소리가 점점 심해졌다.

어둠 속에서 심하게 흔들리는 송백(松柏) 나뭇가지에 악마의 부르짖는 소리가 끔찍하게 들린다. "인간 마음의 평화를 빼앗아라. 평화를 빼앗아라. 이 세상의 부귀영화를 자랑하는 놈들의 간을 찢어놔라. 잠을 못 자게 해라. 어리석은 인간들의 가슴속에 분노의 피가 파도치게 해라. 위선을 떠는 인간들의 얼굴에서 붉은색을 지워버려라. 도끼 가진 자는 도끼를 휘두르고 창을 가진 자는 창을 휘둘러라. 너희들의 날

150 가면극: '기가쿠(伎樂)'로, 고대 중국의 오나라에서 전해진 무악으로, 가면극이다.

카로운 검은 굶주리고 있다. 너희들의 검에 먹을 것을 주어라. 인간의 기름은 좋은 먹이다. 너희들의 검이 질릴 때까지 먹어라. 질릴 때까지 사람의 기름을 먹어라."라고 엄하게 호령하듯이 시작하자마자 심한 바람이 한차례 한꺼번에 확 일어나서 도끼 가진 야차(夜叉)[151], 창 가진 야차, 굶주린 검을 가진 야차가 모두 같이 한 번에 날뛰기 시작했다.

32

긴 밤의 꿈에서 깨어난 에도 사리사방(四里四方)[152]에 사는 남녀노소는 사나운 바람이 불기 시작했다고 놀라 소동을 피우면서 "덧문을 잠그는 장대를 꾹꾹 눌러놔라. 문을 받쳐둔 나무를 강하게 받쳐라."라면서 집집마다 당황한다.

그것을 딱하다고도 생각하지 않는 비천야차왕(飛天夜叉

151 야차: 사납고 악독한 귀신인데, 불법(佛法)의 수호신이기도 하다.

152 에도 사리사방: 에도(江戶) 시가지의 넓이로, 에도 시가지가 사리사방이었다는 것은 막부 말(幕末)에 일본에 온 '필립 프란츠 폰 시볼트(P. F. Siebold)'의 기록에도 남아 있다.

王)[153]은 그 호통치는 소리도 용맹스럽게 "너희들은 인간을 두려워 말라. 너희들을 인간이 두려워하게 하라. 인간은 우리를 얕보았다. 오랫동안 우리를 깔보았다. 우리에게 바쳐야 할 정해진 제물을 잊고 살아왔다. 기지 않고 오만하게 서서 가는 개. 거만한 집 둥지를 만드는 새. 꼬리 없는 원숭이. 말을 하는 뱀. 조금도 진실이 없는 여우 새끼. 더러운 줄을 모르는 암퇘지. 이런 그들이 오랫동안 멸시해 왔는데 도대체 우리는 언제까지 참을 수 있다는 말인가? 우리를 오랫동안 멸시하게 놔둔 채 그들이 언제까지 뽐내게 놔둘 생각인가? 참아야 할 만큼 참았고 뽐내게 놔둘 만큼 뽐내게 놔뒀다. 육십사 년[154]은 이미 지났다. 우리를 속박하고 있었던 시간의 쇠사슬과 우리를 가둬두었던 자비와 인내의 바위 동굴은 내 신통력으로 잘라내었고 무너뜨렸다. 너희들은 날뛰어라. 지금이야말로 날뛰어라. 몇십 년간 쌓아온 원망의 독

153 비천야차왕(飛天夜叉王): 많은 야차를 이끄는 대마왕으로서 하늘을 나는 마왕이다.

154 육십사년(六十四年): 육십사년이라는 숫자가 주역의 괘의 숫자인 팔괘(八卦)를 여덟 번 회전한 것인지, 혹은 간노지에 탑을 세운 1793년부터 64년 전의 1729년 9월에 간토(關東)에 폭풍우가 있었던 것을 말하는 것인지 확실하진 않지만, 로한이 주역에 대해서 잘 알고 있었던 만큼 전자가 아닐까 생각한다.

기를 그들에게 갚아라. 한꺼번에 갚아라. 그들의 거만한 기세(氣勢)의 고약함을 철위산(鐵圍山)[155] 밖으로 집어 던져 버려라. 그들의 머리를 땅에 닿게 하라. 무자비하게 도끼를 내리치는 맛이 좋다는 것을 그들의 가슴으로 느끼게 하라. 그들을 참혹한 창, 화난 검의 보잘것없는 칼 똥이 되게 해라. 그들에게 얼음을 먹게 해서 추위에 떨며 무서워하고 괴롭게 해라. 그들의 간에 바늘을 꽂아 남모를 아픔에 참을 수 없게 해라. 그들의 눈앞에서 그들이 만들어 놓은 수많은 그들의 사치스러운 자손을 죽여서 남을 장난감처럼 갖고 노는 마음을 한탄스러운 잿물 속에 묻어버려라. 그들은 누에의 집을 빼앗았다. 너희들은 그들의 집을 빼앗아라. 그들은 누에의 지혜를 비웃었다. 그러나 너희들은 그들의 지혜를 찬양해라. 모든 그들이 잘한다고 생각하는 교묘한 지혜를 찬양해라. 크다고 생각하고 있는 의지를 찬양해라. 아름답다고 스스로 생각하는 인정을 찬양해라. 뜻대로 할 수 있다는 이치를 찬양해라. 강한 힘을 찬양해라. 모두 다 우리 창의 먹이니

155 철위산(鐵圍山): 수미산(須彌山)을 중심으로 하는 4대 주(四大洲)를 둘러싼 바다를 또 둘러싼 산 중의 하나로, 철로 만들어져 있으며 가장 바깥쪽에 있다고 불린다.

까. 검의 먹이니까. 도끼의 먹이니까. 찬양한 후에 먹이로 하기에 딱 맞는 좋은 먹이를 만든 그들을 비웃어라. 조롱할 만큼 그들을 실컷 조롱해라. 서둘러 죽이지 말고 조롱한 다음에 죽여라. 살려둔 채로 한장 한장 그 껍질을 벗겨내라. 살을 떼어내라. 그들의 심장을 공처럼 차라. 가시 많은 탱자나무로 등을 패라. 탄식의 한숨과 눈물, 심장의 고동이 뛰는 핏소리와 비명소리, 그것들을 모두 인간한테서 나게 해라. 잔인한 것 외에는 아무런 즐거움이 없다. 혹독하게 못 한다면 너희들은 빨리 죽어라. 날뛰어라. 전진하라. 무법자로 굴어서 제멋대로 부끄러운 것도 없이 엉망진창으로 난폭하고 난폭하게 전진해라. 전진해라. 신과도 싸우고 부처도 두드려라. 도리를 깨라. 깨버리면 천하는 우리 것이다."라며 질타할 때마다 토석을 휘날렸다.

새벽 두 시에서 네 시, 여섯 시, 여덟 시가 될 때까지 조금도 그치지 않고 더욱더 심해지니까 수많은 졸병들은 더욱더 분발하여 물 위를 지나가는 것은 파도를 일으키고 땅 위를 달리는 것은 모래를 흩날린다. 그리고 천지를 먼지로 누렇게 덮고 햇빛도 완전히 가리고는 도끼를 흔들어 풍류인이 게으름을 피우지 않고 잘 손질해 놓은 소나무를 비웃으면서 단숨에 잘라버리는 것도 있다. 창을 춤추게 해서 판자 지붕에 단숨에 구멍을 뚫는 것도 있다. 흔들흔들 흔드는 괴력으로 그렇게도 견고한 집을 움직이게 하고 다리를 뒤흔드는 것도 있다.

굼뜨다 굼떠. 혹독함이 모자란다. 내 뒤를 이으라고 분노의 이빨을 갈면서 야차왕이 날뛰어 안달하니까 공중에 가득 차 있던 졸병들은 큰소리로 날카롭게 아우성치고 외치면서 엉망진창으로 난폭함을 발휘한다.

신사 앞 절 안에 서 있던 나무도 부잣집 정원에서 가꾸던 나무도 목소리를 짜내면서 울고 슬퍼한다. 순식간에 대지에 나 있는 모든 털은 모두 다 공포에 곤두서고, 버드나무가 넘어지고 대나무가 쪼개지는 순간에도 검은 구름이 하늘을 떠돌면서 떡갈나무 열매보다도 더 큰 비를 뚝뚝 내리게 하니까 마침 잘됐다는 듯이 더욱더 폭동을 일으키는 야차.

울타리를 잡아당기고 담을 부숴버리고 문조차도 부숴버리고 지붕조차도 뒤집어 놓고 처마 끝의 기와를 밟아 부수고 단 한주먹으로 판잣집을 날려버리고 두 번의 주먹질로는 이층을 비틀어 분지르고 세 번의 주먹질로는 어떤 절을 보기에도 멋지게 부숴 넘어뜨리고 '와 와 왓' 하며 함성을 올리는 그때마다 마음이 썰렁해지고 가슴이 소란해지는 사람들의 저것을 신경 쓰고 이것을 걱정하는 가소로운 모습을 보고는 기뻐하고, 있을 곳조차 없어져서 슬퍼하는 것을 보고는 기뻐하며 드디어 우쭐대고 더없이 난폭한 짓을 늠름하게 해대니까 팔백팔정(八百八町)[156]에 사는 백만이 되는 사람들[157]은 모두 살아 있는 기분이 들지 않고 더구나 얼굴색은 혈색이 하나도 없었다.

그중에서도 특히 놀란 것은 엔도와 다메우에몬. 때마침 겨우 완성된 오층탑은 맞고 또 맞아서 구륜은 흔들리고 정상에 있는 보주는 허공에서 읽을 수 없는 글씨를 쓰면서 바위라도 굴릴 수 있는 바람이 돌진해 오고 방패라도 뚫을 것 같은 비가 쏟아져 내리칠 때마다 휘어지는 모습이며 나무의 삐걱거리는 소리. 다시 되돌아가는 모습에 또 휘어지는 모습이며 삐걱거리는 소리 등 당장이라도 뒤엎어질 것 같은 모습에 저

156 * 팔백팔정(八百八町): 에도의 동네인 마치(町) 수를 나타내는 것인데 이 숫자는 1658년의 동네 수에 해당한다. 따라서 팔백팔정은 사실적인 숫자라기보다도 에도에 있는 아주 많은 동네를 나타낸 말로 이해된다.

157 * 백만이 되는 사람들: 에도 인구를 나타내는 숫자인데, 막부 말의 에도 인구만 해도 150만 명에 이르고 있었다고 한다. 따라서 여기에서도 아주 많은 사람을 의미하는 것으로 이해된다.

거 저것 위태로운데 방법이 없을까? 뒤엎어져서는 안 되는데 큰일이다. 멈추게 하는 방법도 없는 것일까? 비까지 섞여 내리는 데다가 둘레에 큰 나무가 없으니 지금까지 분 적이 없던 큰바람을 기초가 좁고 키만 큰 이 탑이 견뎌낼 수 있을지 의심스럽다. 본당조차도 이만큼이나 흔들렸는데 탑은 얼마나 더 심하겠는가? 바람을 멈추게 하는 주문은 효과가 없을까?

이렇게까지 무서운 큰 폭풍우가 불어 닥쳤는데 걱정이 되어서 와봐야 할 겐타는 안 오는가? 아직 이 절의 신참이라고는 하지만 꼭 오지 않으면 안 될 주베가 보이질 않는가? 게으르구나. 남도 이렇게까지 신경을 쓰는데 자기가 만든 탑이 마음에 걸리지도 않는가? 저것 봐라, 저것 봐. 위태롭다. 또 휘어졌잖아. "누군가 주베를 부르러 가라."라고 말을 해도 하늘엔 기와가 날고 판자가 날고 땅 위엔 돌이 흩날리는 속을 가겠다고 하는 사람이 없다. 겨우겨우 포상의 돈을 잔뜩 주어서 청소부인 시치조(七藏) 할아범을 내보냈다.

33

끝이 둥근 헝겊 모자로 목까지 꽉 싸매고 게다가 비를 피하기 위한 준비로 대나무 껍질로 만든 삿갓을 뒤집어쓰고 솔개 모양의 소매가 달린 우비에 허리끈을 질끈 매고 적당한 지팡이를 짚고 무서워 벌벌 떨면서도 열풍 강우 속을 뛰어가는 시치조 할아범.

겨우겨우 주베네 집에 도착해 보니까 이건 또 참혹한 일. 지붕 반은 이미 벌써 바람에 날아가서 보기에도 딱한 부모 자식 세 명의 모습. 구석에 똘똘 뭉쳐 앉아서 천장에서 떨어지는 물방울의 물보라를 낡은 돗자리로 겨우 막고 있는 처지를 보니 참으로 굼벵이는 머리가 잘 돌아가지 않는 남자라고 어이없어 하면서 "이봐, 우두머리님. 폭풍우에 그렇게 하고만 있어서는 안 될 텐데. 기왓장이 날아가고 나무가 부러지고 밖은 마치 전쟁을 치르는 듯한 소란인데 자네가 세운 그 탑은 어떻게 되었을 거라고 생각되는가? 높이는 높지. 둘레엔 아무것도 없지. 기초는 좁지. 어느 쪽에서 부는 바람이든 모두 정면으로 받아서 흔들리고 흔들린다네. 깃대만큼 휘어져서는 끽끽하고 나무가 삐걱거리는 소리의 끔찍함. 당장에라도 쓰러질 건가 무너질 건가 하면서 엔도 님도 다메우에몬 님도 간담이 써늘해졌다가 오그라들었다가 하면서 안절부절못하고 걱정하고 있는데 도대체가 데리러 오는 일이 없더라도 이 천재지변을 모르는 척하고 있을 수는 없는 것 아닌가? 자네가 나와 보지도 않다니 지나친 용기네. 자네 덕에 험난한 심부름을 하게 되어서 흉한 이 혹이 생긴 것 좀 보게. 쓰고 오던 갓이 날아가 버려서 흠뻑 젖은 이 모습 좀 보게. 게다가 나무토막이 날아와서 이마에 부딪쳤다네. 꼴좋다고 하는 말은 나를 두고 하는 말이네. 자, 함께 가세, 가자고. 다메우에몬 님, 엔도 님이 데려오라는 명령이시라네. 아이코, 깜짝 놀랐네. 덧문이 날아가 버렸구먼. 이러니 탑이 성할 리 없지. 이야기하는 동안에도 벌써 쓰러졌는지 무너졌는지 알 수가 없네. 우물쭈물하지 말고 나갈 차림을 하게. 빨리빨리 하게." 하면서 재촉한다.

옆에서 마누라도 걱정되는 듯이 "나가 보겠다면 가는 도중이 위험하니까 낡았더라도 그 소방용 모자를 꺼내올게요. 쓰고 나가요. 뭐가 날아올지 알 수도 없고. 겉치레보다도 몸이 중요하니 암만 낡았더라도 어쩔 수 없지. 소방용 겉옷[158]도 입고 나가요."라며 농 문을 덜컹덜컹 열려고 한다.

그것을 주베는 비위에 거슬리는 눈으로 뚫어지게 쳐다보다가 "아아, 상관하지 않아도 돼. 안 나갈 거야. 바람이 분다고 해서 소란을 떨 것까진 없어. 시치조 님, 수고하셨습니다만 탑은 괜찮아요. 쓰러지지 않아요. 이 정도의 폭풍우로 쓰러지거나 무너지거나 할 만큼 약한 것이 아니니까 주베가 일부러 나가 볼 것도 없습니다. 엔도 님께도 다메우에몬 님께도 그렇게 말씀해주십시오. 괜찮아요. 전혀 괜찮습니다." 하며 태연하게 앉아서 꼼짝도 하지 않고 말한다.

그러자 시치조는 좀 볼멘 얼굴로 "저 어쨌든 나와 함께 가세. 가보는 게 좋아. 저 탑이 흔들흔들 끽끽거리면서 움직이는 모습을 여기에 앉아 있으면서 실제로 눈으로 보질 않으니까 뻐기고 있을 수 있는 거야. 불교 행사를 알리는 깃발[159] 같이 머리를 흔들고 있는 모습을 보면 아무리 주베 님이 대범한 성격이라고 해도 딱하게도 혼백이 가물가물해질 거야.

~~~~~~~~

158 소방용 겉옷: 사시코반텐(刺子絆纏)으로, 솜이 든 천을 앞뒤로 맞춰서 실로 섬세하게 꿰매 만든 누비 겉옷을 말한다. 주로 소방용으로 쓰면서 튼튼하게 만들어져 있다. 소매 폭은 넓고 짧으면서 옷의 길이는 허리까지 온다.

159 * 불교 행사를 알리는 깃발: '고카이초노노보리(御開帳の幟)로, '고카이초'는 불교사원에서 두 개의 문짝이 달린 주자(厨子)라고 하는 궤 등의 문을 열고 그 안에 모셔 둔 불상이나 경전 등을 관람할 수 있도록 하는 종교행사이며, '노보리'는 그 행사를 알리고 안내하는 글이 쓰인 깃발을 말한다.
~~~~~~~~

뒷전에서 강한 것은 아무런 도움이 안 돼. 자 자아, 같이 가. 같이 가자고. 아니 또 불어대잖아. 아이고 무서워라. 바람의 기미가 좀처럼 멈출 것 같지도 않은데. 엔도 님도 다메우에 몬 님도 틀림없이 안절부절못하고 계실 거야. 냉큼 소방모자든 겉옷이든 쓰든지 입든지 하고서 나가 보게."라고 반박한다.

"틀림없이 괜찮아요. 안심하고 돌아가세요."라고 딱 잘라 거절한다.

"그 안심이 그리 쉽게는 되질 않네."라고 말하면서 귀찮게 군다.

"괜찮습니다."라고 똑같은 말을 한다.

마지막에는 시치조가 조바심이 나서 "뭐가 어떻든 간에 오라면 와. 내가 하는 말이라고 생각하면 잘못이야. 엔도 님, 다메우에몬 님의 명령이야."라며 거친 어조로 말한다.

주베도 불끈 좀 화를 내며 "나는 엔도 님 다메우에몬 님한테서 오층탑을 지으라고 명령받지는 않았어요. 큰스님은 틀림없이 바람이 불었다고 해서 주베를 부르라고는 말씀하시지 않았을 거예요. 그와 같은 한심한 말씀을 하시진 않으실 거예요. 만약에 큰스님까지도 탑이 위험하니 주베를 부르라고 말씀하시게 된다면 주베한테는 일생의 큰일. 죽으나 사나 하는 운명의 갈림길에 다다른 것이니까 천명을 각오하고 서둘러 달려가겠습니다만 큰스님이 아주 조금도 주베의 솜씨를 의심하는 말씀을 하지 않으신 이상은 아무런 걱정할 일도 없어요. 세상 사람들이 무슨 말을 하든 간에 종이같이 얄팍한 것을 목재로 속여서 일하지도 않았고 마술을 부린 것도, 날림으로 부실하게 한 것도 없는 주베는 날씨 좋은 날과 마찬가지로 비 내리는 날도 바람이 부는 밤도 느긋하게 있겠어요. 폭풍우가 무서운 것도 아니고 지진이 무섭지도 않다고 엔도 님께 말씀해 주세요."라고 정나미가 떨어지듯이 잘라 말하니까 시치조는 어쩔 수 없이 비바람 속을 뚫고 달려서 간노지에 되돌아왔다.

그리고 엔도와 다메우에몬에게 이 사연을 말하니까 "참으로 융통성 없고 지혜가 없는 놈이구나. 왜 그럴 때 큰스님이 주베를 오라고 말씀하셨다고 말을 안 하는가? 저 저 저, 갈팡질팡하는 모습 좀 봐라. 너까지도 굼벵이한테 물들어서 게을러터진 생각을 하는구나. 할 수 없다. 한 번 더 가서 큰스님의 말씀이라고 속여서 불평을 늘어놓지 못하게 해서 데리고 와."라고 엔도에게 심하게 혼나고 분통 터지는 것을 혼자서 중얼거리면서 시치조는 또다시 절 문을 나섰다.

34

"자아, 주베. 이번에는 꼭 따라와라. 이것저것 말대꾸하지 마라. 큰스님의 부르심이다."라며 시치조 할아범은 흥분해서 문 앞에서부터 고함을 친다.

주베는 그 소리를 듣자마자 몸을 일으켜서 "뭐라고? 저 큰스님이 부르신다고? 시치조 님, 그것이 참말입니까? 아아 한심하구나. 아무리 바람이 세기로서니 굳게 믿고 있던 큰스님까지 이 주베가 일심을 다해서 세운 것이 물러 터질까봐 걱정하시고 부르셨단 말인가? 분하구나. 이 세상에서 자비의 눈으로 봐주시는 오로지 단 하나의 신이라고도, 부처님이라고도 생각하고 있었던 큰스님께서도 정말로 마음속으로는 내 솜씨를 확실하다고 생각하고 계시지는 않으셨단 말인가? 참으로 믿을만한 게 없는 세상이구나. 이젠 주베가 살아 있는 보람도 없다. 우연히 당시의 둘도 없는 훌륭한 명승을 알게 되어 이것으로 평생의 체면을 세웠다고 쓸데없이 기뻐한 것도 정말로 덧없는 잠깐 사이의 꿈이었구나. 거센 태풍의 바람이 좀 불었다고 참으로 정성을 다해서 세운 저 탑도 무너지지나 않을까 하는 의심을 받다니. 에이, 화가 난다. 울고 싶구나. 그렇게까지 나는 얼간이란 말인가? 창피한 것도 모르는 녀석으로 보였단 말인가? 자기가 한 일이 치욕을 당하면서도 뻔뻔스럽게 철판을 깔고 나는 살아갈 수 있는 그런 남자라고 남들이 본단 말인가? 가령 저 탑이 무너졌을 때 살아 있을 수 있겠는가? 살고 싶겠는가? 에이, 분하다. 화가 난다. 오나미, 그토록 내가 비열할까? 아 아아, 목숨도 이젠 필요 없다. 나 자신에게 정나미가 떨어졌다. 이 세상이 돌아보지 않는 주베는 살아 있으면 그만큼 창피를 당하는 괴로움을 당해야 해. 에이, 차라리 그 탑도 무너져라. 폭풍우도 더욱더 심해져라. 조금이라도 좋으니까 저 탑에 결함이 생겼으면 좋겠다. 하늘에서 부는 바람도 땅을 치는 비도 나한테는 사람만큼 무정하진 않으니까 탑이 부서져도 무너져도 기뻐할망정 원망하지는 않겠다. 나무판 한 장이 바람에 떨어지더라도 못 하나가 빠지더라도 하찮은 이 세상엔 미련이 없으니까 멋지게 죽어 없어져서 주베라는 바보는 자기가 한 일에 실수가 있어서 그로 인한 수치를 느끼고도 목숨이 아까워서 아직도 살아 있는 그런 비겁한 녀석은 아니었다. 그러한 마음을 가지고 있었는가 하고 하다못해 나중에라도 남들이 애도하겠지. 어차피 한번은 버릴 몸을 버릴 장소도 좋고 버릴 시기도 좋다. 피를 흘려 절을 욕되게 하는 것은[160] 송구한 일이지만 내가 세운 것이 무너졌다면 그 자리를 한 발짝도 떠날 수 없는 것이 아닌가? 제불 보살도 용서해 주시겠지. 쇼운탑의 꼭대기에서 곧장 뛰어내려 죽어버리겠다. 던지는 오 척의 이 육체는 찢어져서 보기 흉할지언정 더러운 것을 담고 있지는 않다. 아아, 남아의 순수한 외곬. 청정의 피를 흘린다면 딱하다고 봐주십시오."라고 생각을 했는지 안 했는지 주베 자신도 반은 정신이 나간 채로 어느샌가 정신없이 길을 걸었다. 시치조하고조차 어딘가에서 헤어져서 "여기는? 아, 그래그래. 그 탑이구나."

맨 위에 있는 오층탑의 문을 눌러 열고 때마침 주베가 반신을 쑥 내미니까 자갈을 던지는 듯한 폭우가 눈도 못 뜰 만큼 얼굴을 친다. 하나 남은 귀까지도 찢어질 것 같은 맹풍이 숨도 못 쉴 만큼 불어닥치니까 생각지도 않게 한발 물러섰

160 피를 흘려 절을 욕되게 하는 것은: 사원에서 죽어 피를 흘리는 것은 고귀한 사원을 욕되게 하는 것으로 인식되어있는 것을 가리키는 말이다.

지만 굴복하지 않고 분발하여 다시 나섰다. 난간을 붙잡고 무섭게 노려보니까 하늘은 오월 장마철의 어둠보다도 까맣고 그저 요란한 바람 소리만 우주를 가득 채워 소란하다.

그토록 견고한 탑이지만 허공에 높이 치솟아 있으니까 휙 휙 휙, 하고 바람이 불어올 때마다 흔들리고 움직여서 거센 파도 위에서 비틀거리는 아주 작은 배가 뒤집힐 때와 같은 위태로운 모습. 역시 각오를 하긴 했었지만, 그것도 또 새삼스럽게 다시 생각이 났다. 일생의 대사인 생사의 기로에 섰다면서 몸에 난 팔만 사천의 모든 털을 곤두세우고 이를 악물고 눈을 부릅뜨고 여차하는 그때를 위해 손에 들고 온 육부짜리 작은 끌의 손잡이를 쥐고 있는 것조차 잊었는지 꽉 쥐어 잡고 버티고 서 있었다.

천명을 조용히 기다린다는 말을 아는지 모르는지 비바람도 마다하지 않고 탑 주위를 몇 번이라고 할 것도 없이 돌고 도는 이상한 남자가 한 명 있었다.

35

"지난밤의 폭풍우는 우리가 태어난 이래 가장 큰 소동이었대."라고 평소엔 어디서 만나더라도 이십 년 삼십 년 전에 있었던 이야기를 꺼내서는 옛날 것은 과장되게 말하면서도 새로운 것은 보잘것없이 내리깎는 기질의 노인들조차 진심으로 고집을 버리고 서로 풍문을 만들어낸다.

그런 판이니, 더군다나 천지이변을 흥미본위의 이야깃거리로 생각하는 익살스러운 젊은이들은 분별력도 없이 나중에 고민하지 않는 습성을 다행으로 "어디의 소방용 망루가 부서졌다. 거기 이층이 바람에 날려갔다."라면서 남의 불행한 재난을 자기의 심심풀이 삼아 이야기를 한다.

"꼴 좋다. 바보같이 터무니없는 욕심을 부려 극장의 자본가라고 하는 녀석이 극장이 폭풍우에 부서져서 틀림없이 크게 손해를 봤을 거래. 정말로 웃기지 그 극장이 부서진 모습이라니. 또 평소부터 낯짝 얄밉던 뒷골목의 꽃꽂이 선생네 이층이 나중에 증축한 것만큼 당한 것도 고소해. 그보다도 에도에서 첫째 둘째라고 하는 큰절이 쉽게 무너졌다고 하는 것도 틀림없이 무슨 연유가 있을 거야. 실은 단가(檀家) 사람들한테서 많은 기부금을 모으면서 담당 승려가 자기 이익을 챙기고 건축 청부업자가 남의 눈을 속이는 등 그렇게 된 데에는 그렇게 될 이유가 있었을 거야. 보아하니 본당의 그 굵은 기둥도 아마도 실은 속이 텅 빈 통에 불과했을 거래."라는 등 여러 가지 소문이 생겨버렸다.

그러나 어떻든 간에 간노지의 쇼운탑은 못 하나 흔들리지 않고 나무판 한 장 벗겨지지 않았기 때문에 혀를 내두르면서 감탄한다. "아니, 저것을 만든 주베라는 자는 너무나도 훌륭한 사람이 아닌가? 저 탑이 무너지면 살아 있지 않을 각오를 하고 있었다고 하는데. 만약에 무슨 일이 있으면 끌을 입에 물고 그 높은 곳에서 뛰어내리겠다고 난간을 이렇게 꾹 밟고 비바람을 노려보면서 그렇게까지 힘들고 소란스러운 속에서 태연한 자세를 취하고 있었대. 그러니 그 일념만으로도 부서질 리가 없지. 바람의 신도 아예 혈안이 된 눈으로 노려보니까 기가 꺾였을 거야. 진고로(甚五郞)가 이 분야에서는 명수이고 진짜 우두머리인데 아사쿠사(淺草)에 있는 것도 시바(芝) 안에 있는 것도 각각 손상된 것이 있었는데 전혀 조금도 흔들리지 않고 밀려 나가지도 않았다고 하는 것을 보면 아주 잘 만든 거야."

"아니, 그것에 관해선 또 다른 이야기가 있어. 그 주베라고 하는 남자의 우두머리가 또 아주 훌륭한 사람이라 만약에 아주 조금이라도 부서지기라도 한다면 같은 직공으로서의 수치이고 아는 사람들의 체면을 잃는 일인데 너는 그렇게 되도 살아 있을 수 있겠느냐면서 도저히 두 번 다시 쇠망치도 손자귀도 쥘 수 없을 정도로 호되게 혼을 냈대. 무사를 두고 말한다면 잘못하면 할복자살을 하는 것과 똑같은 이치로 말을 하고는 폭우를 맞으면서도 빙, 빙, 빙, 탑의 둘레를 돌고 있었대."

"아니, 아니, 그게 아니야. 우두머리가 아니라 직업상의 적수였대."라면서 아는 척하는 얼굴로 이야기를 전해 갔다.

폭풍우 때문에 예정이 빗나간 낙성식도 드디어 끝난 날. 큰스님은 일부러 겐타를 부르셔서 주베와 함께 탑에 올라가서 뜻이 있어 동자승에게 가져오게 한 붓에 먹을 흠뻑 묻혔다. 그리고는 "내가 이 탑에 새겨두겠다. 주베도 봐라, 겐타도 봐라."라고 말씀하시면서 '에도에 사는 주베가 이것을 만들고 가와고에에 사는 겐타로가 이것을 이뤘다 몇 년 몇 월 며칠.'이라고 굵은 붓으로 다 적어두시고는 만면에 웃음을 띠고 돌아보시자 두 사람 다 아무 말 없이 그저 엎드려서 배례하고 있었다.

그로부터 이 탑은 오래도록 하늘에 치솟아서 서쪽에서 보면 나는 제비처럼 하늘 높이 처마가 치솟아 있기도 하고, 혹은 거기에서 흰 달이 나와 있기도 하고, 동쪽에서 보면 저녁에는 탑의 높은 난간이 있는 곳에 빨간 석양이 저물면서 백여 년이 지난 오늘날에 이르기까지[161] 이야기는 살아서 전해지고 있다.

161 * 백여 년이 지난 오늘날에 이르기까지: 이 이야기는 『오층탑』이 발표된 1892년보다 백여 년 이전을 배경으로 설정한다. 이 오층탑의 모델이라고 불리는 야나카의 덴노지도 이전에는 간노지로 불리고 있었으며 덴노지로 바뀐 것은 1833년이었다고 한다. 실제로 '에도 4탑' 중의 하나인 덴노지의 오층탑은 1644년에 건립되었으나 1772년에 화재로 소실되었고, 1791년에 재건되었다. 로한의 오층탑은 이 재건되는 과정의 이야기를 모델로 했다고 한다. 그러나 1957년에 방화 동반자살에 말려들어 다시 소실되었다. 현재는 아직 재건되지 않았으나, 지역 구민들은 재건을 희망하고 있다.

장인 정신을 인정하는 화합의 세계

하나의 문학 작품을 읽을 때, 독자는 각각 자기 나름의 사정에 따라 무수히 많은 '시각'을 지닐 수 있다. 하나의 작품에 대해 무수히 다양한 해설이나 논문이 나오는 것도 바로 그런 까닭이다. 고다 로한의 『오층탑(五重塔)』에 대해서도 다양한 시각의 다양한 해석이 있을 수 있으며, 또 실제로도 그렇다. 여기서 우리는 이 작품의 문학적 가치를 일본 문학사, 특히 근대 문학사의 맥락 속에서 어떻게 평가할 것인가 하는 전문적인 시각보다는, 이 작품에 나타난 '일본인의 삶을 어떻게 읽을 것인가' 하는 시각을 취해 보기로 하자. 그러면 이 작품에서 우리는 주제나 구성, 표현 등에서 돋보이는 순수문학적 가치 외에도, 일본인 특유의 가치관, 일본의 번영을 이끈 하나의 열쇠를 찾을 수가 있을 것이다. 이 점에서 『오층탑』은 오늘의 일본 및 일본인을 이해하기 위해 도움이 될 것이다.

우선 일반적인 소개부터 시작하기로 하자. 고다 로한(幸田露伴, 1867~1947)은 많은 사람에 의해서 일본 문학사의 거장으로 손꼽힌다. 그러나 그가 예컨대 모리 오가이(森鷗外)나 나쓰메 소세키(夏目漱石)처럼 근대 문학사의 대표적인 작가로 취급되지는 않는다. 심지어 그가 세상을 떠나 세월이 흐르면서 그를 마치 지난 세기의 유물처럼 취급하는 경향도 없지 않다. 그에 대한 이러한 '부당한 평가'의 배경에는 이른바 '근대주의'라고 하는 가치 기준이 도사리고 있다. 일본 문학사, 나아가서는 일본의 역사 전체에 있어서 '근대-근대화-근대주의'는 대단히 중요한 의미가 있다. 어떤 점에서는 바로 이 '근대화'의 성공을 통해 일본이 비로소 세계사의 한 '주도적인 국가'로 등장할 수가 있었기 때문이다. 그런데 일본의 '근대화'는 곧 '서구화'를 의미했다. 그런 점에서 일본의 '근대주의'는 또한 '서구주의'이기도 했다. 물론 근대화의 근거를 전통 속에서 찾으려는 부분적인 반론의 자료들도 없는 것은 아니겠지만, 일본의 근대화가 근본에서 '서구'를 매개로 한 것이었으며 그것이 성공의 비결이었다는 것은 그 누구도 부인할 수 없을 것이다. 문학도 이를테면 쓰보우치 쇼요(坪内逍遙), 후타바테이 시메이(二葉亭四迷)가 서양의 리얼리즘을 배운 것에서부터 실질적인 근대 문학의 기점을 찾는 것이 일반적으로 용인되고 있다. 모리 오가이가 독일로 떠난 것이 상징적인 의미가 있다고 보는 시각도 바로 이런 서구주의와 연결되는 것이다.

이러한 '근대주의 내지 서구주의'라고 하는 가치 기준 때문에 고다 로한은 부당하게도 과소평가되어 온 측면이 없지 않다. 그러나 이러한 경향에 대한 재평가의 요구도 결코 없는 것은 아니다. 야나기다 이즈미(柳田泉), 시오타니 산(塩谷贊), 히라오카 토시오(平岡敏夫), 노보리오 유타카(登尾豊) 등의 인물들이 그러한 목소리를 대변한다. 그것은 로한의 작품들이 근대주의 내지 서구주의라는 기준과는 무관하게 지니는 특유의 가치가 있기 때문이다.

『오층탑』은 고다 로한의 대표작의 하나로 손꼽힌다. 그의 작품 가운데 상당수가 일본에서조차 잊혀 가고 있으나 이 『오층탑』은 아직도 많은 사람들에게 읽히고 있다. 이 작품은 1892년 로한이 25세 때 신문 『곳카이(國會)』에 연재되었다. 『오층탑』은 구도상으로 볼 때, '간노지 오층탑'의 공사 수주를 둘러싼 주베와 겐타의 상황 묘사(더 직접적으로는 겐타의 처 오키치와 주베의 처 오나미의 상황 묘사)에서 시작하여 그들이 겪는 심리적 갈등, 로엔 큰스님의 등장과 그에 의한 조정의 과정, 공사의 결정과 공사의 진행, 탑의 완성, 뜻하지 않은 폭풍우에 의한 시련과 그 와중의 상황 묘사, 그리고 그 극복과 대미의 찬사로 마무리된다. 비교적 단순하면서도 이야기가 진행될수록 독자를 스토리 속으로 빨아들이는 충분한 소설적 재미를 지니고 있다.

덕이 높은 스님 로엔 대사가 "절이 조금만 더 넓었더라면 모여드는 사람들에게 불편이 덜할 텐데." 하고 혼잣말처럼 한 것이 기연이 되어 간노지의 중건이 이루어졌고, 그 남은 비용으로 탑을 세우기로 한 데서부터 이야기의 전개가 이루어진다. 이미 본당의 공사를 한 바 있는 겐타에게 견적을 내라고까지 되어 있었으나 어쩐 일인지 그 밑에서 일하는 이름 없는 목수 주베가 이 일에 강한 집착을 보이며 간노지를 찾아가 큰스님께 뵙기를 청하면서 사건이 펼쳐진다.

주베의 이야기를 듣고 그가 만든 모형을 본 큰스님은 크게 감동하여 그에게 일을 맡기고 싶어졌지만, 역시 신임하고 있는 겐타도 이 일에 의욕을 보이던 터라 갈등하게 된다. 결국, 큰스님은 두 사람을 불러 경전에 있는 예화를 들려주며 두 사람이 협의하여 결정하라고 알려준다.

사람 좋은 겐타는 스님의 말씀에 감응하여 주베와 일을 반씩 나누기로 하고 그의 집을 찾아간다. 그러나 주베는 그것을 거부한다. 어떻게든 나누어 일하는 것은 한심해서 싫다는 것이다. 물론 마음 한구석에서는 이미 일을 포기한 그였다. 화가 나 돌아간 겐타는 겐타대로 곰곰 생각한 끝에 일을 포기하기로 하고 큰스님을 찾아가 결정하시는 대로 불만 없이 따르겠다고 뜻을 전한다. 주베는 주베대로 이미 큰스님께 사퇴를 전한 터였다. 스님은 칭찬하시고 결국 주베에게 일을 맡기기로 결정을 내리신다.

사람 좋은 겐타는 주베를 적극 도와주기로 결심하고 자기 나름대로 준비했던 일체 자료를 주베에게 넘겨주려 한다. 그러나 세상 물정에 서투른 주베는 이를 눈치 없이 사양하여 겐타의 마음을 심히 상하게 한다.

그 후 주베는 사력을 다해 탑의 공사를 진행한다. 한편 우연히 전후 사정을 전해 들은 겐타의 처 오키치는 분한 마음을 우연히 집에 들른 세이키치에게 분풀이를 한다. 겐타 부부에게 충성심을 지니는 세이키치는 젊은 혈기로 공사 현장으로 달려가 주베에게 행패를 부려 귀를 자르는 등 상처를 입힌다. 다행히 현장을 지나던 에이지가 말려 생명에는 지장이 없게 된다.

사건이 있고 난 후 겐타는 겐타대로 감정을 접어둔 채 주베를 찾아가 사과하고 도리상 세이키치에게 절연을 선언한다. 뒤늦게 경솔함을 깨달은 오키치는 돈을 마련해 세이키치에게 건네며 잠시 에도를 떠나 있도록 한다.

한편 상처에도 불구하고 다시 공사에 임하는 주베에게 감동하여 일꾼들도 정성껏 일에 임하여 이윽고 탑은 훌륭하게 완공된다.

그런데 그날 밤 뜻하지 않은 폭풍우가 에도를 강타한다. 모두 탑이 무너질 것을 걱정하여 사람을 시켜 주베를 불러오게 하나 주베는 자신감을 보이며 가지 않는다. 그러자 큰스님의 명이라고 거짓말을 하여 다시 부르게 하니 주베는 크게 실망하며 탑으로 가서 죽을 작정으로 비바람에 맞선다. 한편 겐타도 탑을 걱정하여 폭풍 속에서 탑을 돌았다.

이윽고 폭풍이 지나고 탑이 무사하자 모두 감탄하고 칭송하였다. 큰스님은 주베와 겐타 모두를 불러 그 공덕을 칭찬하였다. 이것이 대강의 줄거리이다.

이상의 스토리 전개에서 볼 때, 『오층탑』의 대표적인 주인공은 목수 주베라고 할 수 있다. 그를 둘러싸고 우두머리인 겐타, 그들의 처 오나미와 오키치, 겐타 밑에서 일하는 세이키치와 그의 노모, 에이지, 로엔 큰스님, 다메우에몬, 엔도, 엔친 및 동자승 등이 등장해서 작품 안에서 제 나름의 역할을 한다. 그러나 중심적인 역할을 하는 것은 역시 주베다. 이하 주베의 인물론을 중심으로, 처음에 제시했던 시각에서, 『오층탑』의 의미를 모색해 보기로 하자.

주베는 이름 없는 한 가난한 목수이다. 그는 담벼락의 널빤지 수리나 마구간, 상자, 하수구 덮개 등의 하찮은 일을 하고 가끔씩 우두머리인 겐타 밑에서 일거리를 맡아 하고 있다. 집안 살림이 넉넉할 턱이 없다. 게다가 동작이 굼뜬 탓인지 '굼벵이'라는 별명까지 붙어 사람들로부터 업신여김을 당하고 있다. 이러한 그의 인상은 작품 속에서 그와 대립적 위치에 놓이게 되는 세이키치의 시각을 통해 첫 등장에서부터 두드러지게 표출된다. 이를테면 다음과 같다.

어제 고텐자카에서 그 굼벵이가 한층 더 느리게 죽은 닭처럼 목을 축 늘어뜨리고 걷고 있는 것을 보았어요. (…) 잠에서 덜 깬 것 같은 목소리로 인사를 하더라고요. (…) 우둔한 녀석이란 정직한 것이더라고요. (…) 바보같이 뻔뻔스러운 대답을 하더라고요. (…) 정신 나간 놈이라고 내뱉고는 헤어졌어요.

이것이 말하자면 최초로 묘사되는 주베의 모습이다. 별것 아닌 것 같은 세이키치에게까지 이런 취급을 당하는 것을 보면 주베의 처지가 어떤 것인지 충분히 짐작할 수 있다. 그의 용모에 대한 묘사도 또한 그렇다.

감색이라고는 해도 땀에 바래고, 바람에 변하여 이상한 색이 된 데다가 몇 번이고 빨았기 때문에 원래 색깔도 알아볼 수 없는, 게다가 앞깃에 쓰인 글씨조차 흐려진 웃옷을 입고 기워 댄 낡은 작업복을 입은 남자가 머리는 먼지투성이여서 하얗고 얼굴은 햇볕에 타서 품위 없는 풍채가 더욱 품위 없어 보이는데….

동자승과 다메우에몬의 눈에도 한눈에 알아볼 정도의, 충분히 무시당할 수 있는 형편없는 몰골이다. 이러한 그의 처지는 또한 현실을 공유할 수밖에 없는 그의 처 오나미를 통해서도 드러난다.

그 다실의 도코노마의 널빤지를 깎는 대패 미는 손이 얼어붙고, 그 처마를 묶으면서 바람에 시달려서 복통을 일으킨 적도 있는 일꾼 같은 존재들은 도대체 전생에 얼마나 나쁜 짓을 했기에 같은 시기에 남과 달리 이런 고통을 받는 것일까. (…) 좋은 일은 언제나 남에게 빼앗겨서 일 년 내내 즐겁지 않은 생활로 날을 보내고 달을 맞는 따분함. 무릎이 해진 것을 간신히 메워 꿰맨 작업복만을 우리 남편에게 입게 하는 일이 여자로서는 남 보기에도 부끄럽지만, 모두가 다 가난 때문이고 뜻대로 안 되는 어쩔 수 없

> 는 일. (…) 아아 생각해 보면 바느질도 싫어진다. (…) 솜씨 없는 목수, 구멍이나 파는 목수, 굼벵이라는 지긋지긋한 별명까지 붙어서 동료들도 깔보는 안타까움이여 원망스러움이여.

주인공 주베는 그러한 인물이다. 이러한 점에서 보자면 주베는 자기 자신의 표현대로 '할 수 없는' 인물, 다시 말해 '마이너스적' 인물일 수밖에 없다. 그러한 그가 유일하게 또는 예외적으로 지니는 '플러스적인' 측면이 '일'이라고 하는 영역에서 두드러지게 보이게 된다. 바로 이 '일'이라고 하는 것이야말로 『오층탑』의 핵심 주제가 될 수 있다. 이른바 '예술주의' 또는 '출세주의'라는 시각에서 이 작품을 해석하는 예도 있으나, 그것은 부차적이다. '탑'을 통해 부각 되기 이전의 평소의 주베에게도 이 '일'에 있어서의 철저함만은 기본적으로 갖추어져 있었다.

> 솜씨는 겐타 어르신조차 작년에 여러 가지로 보살펴 주시면서 훌륭하다고 칭찬해 주실 만큼 확실한 것이지만, (…) 어떻게든 우리 남편 솜씨를 반만이라도 남들이 알아주

었더라면….

이 점에 대해 주베 자신의 자부 또한 무시할 수 없는 대목이다. 로엔 큰스님과의 대화에서 이것은 확인된다.

> 목수 일은 할 수 있습니다. 오스미(大隅)류는 어렸을 때부터 배웠고, 고토(後藤) 다테카와(立川) 두 파의 기술도 터득하고 있습니다. (…) 이 주베는 끌과 손자귀를 쥐면 겐타 님이나 다른 누구라도, 먹줄을 잘못 치는 경우가 있을지 몰라도, 주베는 만에 하나라도 뒤지는 일은 틀림없이 틀림없이 없다고 생각합니다.

작가인 로한 자신이 의식하고 있었건 의식하지 못했건 이 점, 즉 일에 대한 중시는 하나의 '삶의 가치'로 인정하고 있다. 물론 '일'에 대한 집착과 능력, 자부가 어느 사회에서나 없는 것이 아니지만, 일본의 경우는 이것이 보다 '일반적'이고 '보편적'이며 또한 '기본적'이라는 엄연한 현실이 있다. 그 바탕 위에서 이것이 또한 '주제화'될 수도 있다. 이러한 주제가 '오층탑 건립'이라는 한 '사건'을 통해서 첨예화되는 것이다. 이러한 시각에서 보자면 작품 『오층탑』은 결코 예술주의적인 입장에서만 해석될 수는 없다. 주베는 일개 목수이지 '예술가'로 묘사되지는 않는다. '일'에 대한 '가치화'는 작품 속에서 주베와 직접 대립하고 있는 겐타를 통해서 더욱더 상승한다. 겐타 또한 평소의 모습과 오층탑 건립을 전후한 과정에서의 모습 양자에 있어서 일에 대한 '각별한 자세'를 보여준다.

로엔 큰스님도 그렇다. 수행을 '일'이라는 범주에 넣는 것에 대해서는 저항이 있을 수 있겠지만 '구도자'라는 특별한 신분에서 볼 때 일이 수행 그 자체일 수밖에 없다는 점을 생각해 보면 큰 무리도 없을 것이다. 그런 점에서 로엔 큰스님도 예사롭지 않은 태도로 자신의 '일'에 임해 왔고, 또 계속해서 그러고 있음을 여러 대목에서 확인할 수 있다. 주베, 겐타, 로엔 대사 등 중심적인 인물뿐만이 아니다. 그들을 둘러싼 제3의 인물들에게서도 이 점은 확인될 수 있다. 예컨대 세이키치에게 하는 오키치의 말.

> 노는 것도 좋지만 일하는 시간을 깎아 먹어가며 어머니께 걱정을 끼쳐서야 (…) 우리 남편도 (…) 직업을 소홀히 하

는 것은 아주 싫어해. (…) 두세 그릇 얼른 퍼먹고 바로 일
하러 뛰어가, 뛰어가. (…) 정성을 아끼지 말고 일해….

이뿐 아니다.

가령 목수의 길이 작은 것이라고 하더라도 거기에 진심
을 쏟아 목숨을 걸고, 욕심도 대개는 잊어버리고, 비열하
고 더러운 생각도 하지 않고, 오로지 그저 끌을 잡고서는
잘 파는 것만을 생각하고, 대패를 쥐고는 잘 깎을 것만을
생각하는 마음의 존귀함은 금에도 은에도 비교할 수 없다.

로엔 큰스님의 이 말은 따라서 작품 『오층탑』의 핵심을
건드리고 있는 것으로 받아들일 수 있다. 일이라고 하는 것
을 정면으로 받아들이고 거기서 승부를 보고자 하는 이상과
같은 장인적인 태도가 일본의 한 단면을 이해하기 위한 중
요한 열쇠가 될 수 있다.

그러나 우리가 이 작품에서 눈여겨보아야 할 것은 일에
대한 단순한 집착과 태도뿐만은 아니다. 또 하나 중요한 점

은 하나의 '일'이 이루어지기까지의 '과정'이 결코 소홀히 되지 않는다는 것이다. 결과만을 보자면 '멋진 오층탑이 주베라는 사람에 의해 건립되었다'는 것으로 끝날 수도 있다. 그러나 로한은 그 오층탑이 그야말로 '어떻게 해서' 건립되었는가 하는 것을, 그 과정 자체를 작품화시키고 있다. 이렇게 해서 대미의 화합 세계가 이루어지지만, 과정 자체가 여기서 하나의 '가치화'가 되고 있다. 상대적으로 결과만을, 그것도 수량화된 결과만을 '가치'로 인정하고 '과정'이나 '태도'를 가치로 인정하지 않으려는 현대인들이 눈여겨보아야 할 대목이 아닐 수 없다.

특히 그 과정에서 많은 사람이 '진지하게' '고뇌'하고 있다는 점도 두드러진다. 겐타의 처 오키치의 '걱정'에서부터 작품이 시작되고 있다는 것은 상징적이다. 주베는 주베대로, 겐타는 겐타대로, 또 로엔 큰스님은 로엔 큰스님대로, 갈등과 고민을 한다. 심지어는 주변 인물인 세이키치, 그의 노모, 또는 주베의 어린 아들 이노까지도 고민하는 모습이 묘사된다. 그야말로 생생한 '삶'이 여기에서 진행되는 것이다. '오층탑'이, 즉 하나의 '좋은', '걸작'이 만들어지는 것은 그 과정에서의 직간접적인, 결코 장난이 아닌 진지한 '고뇌'의 응축이라는 것을 이 작품은 알려주고 있다.

더구나 또 하나 놓칠 수 없는 것은 이 작품 속에서 로엔 큰스님의 등장과 그 역할 수행이다. 결과적으로 볼 때, 로엔 큰스님 없이는 주베의 이름도 '오층탑'도 있을 수 없었다. 한마디로 로엔 큰스님이 주베를 '알아주었기' 때문에, 오층탑은 세워질 수 있었었다. 그의 이 '알아줌'은 결과적으로 소외된 겐타에게도 무심하지 않아 대미의 찬사에 함께 그의 이름도 거론되고 있다. 바로 이 '알아줌'이라고 하는 것도 중요한 열쇠임이 틀림없다. 일본 사회에서는 이러한 '알아줌'의 정신이 생활공간 곳곳에 숨어서 결국은 큰 현실적 힘을 가능케 하고 있다. '경쟁'을 최대의 시대정신으로 삼고 있는 현대조차도 이 점은 예외가 아니다. 주베가 집으로 돌아간 후 로엔 큰스님의 독백이 이 작품에서 중요한 위치를 지니고 있다. 이런 점에서는 대미의 찬사보다도 이 알아줌의 독백이 더 큰 의미를 지니고 있다고도 볼 수 있다.

큰스님이 이것을 자세히 보니까 일층에서 오층까지의 균형, 지붕 차양의 경사의 정도, 탑 허리의 높이, 서까래의 배당, 구륜, 청화, 노반, 보주의 양식까지 어디 하나 마음에 싫은 곳이 없고 한층 두드러지게 눈에 띄는 세공 솜씨. 이것이 저 서툴러 보이는 남자의 손으로 만든 것인가 하고 의심이 갈 정도로 정교하게 만들어져 혼자서 남몰래 한숨 쉬시고는 그만큼의 솜씨를 갖고 있으면서 허무하게 파묻혀서 이름도 알려지지 않은 채로 삶을 사는 사람도 있는 것이구나. 옆에서 보기에도 딱할 정도인데 하물며 당사자로서는 얼마나 억울한 일이겠는가. 아아, 할 수만 있는 일이라면 이런 사람에게 공을 세우게 해서 오랫동안 품어온 소원이 어긋나지 않게 해주고 싶구나. 초목과 함께 썩어가는 인간의 몸은 원래부터 일시적인 존재에 지나지 않는 것이다. 설사 아낀다 해도 아낀 보람도 없고 머물게 하려고 해도 머물게 할 수도 없는 일이지만, (…) 그런데 그 마음을 남길 아무런 흔적도 없이 무익하게 무덤 속에 묻혀 저세상으로 가는 길의 선물로 가져가 버리게 하는 것을 생각하면 지극히 딱한 일이다. 뛰어난 말도 좋은 주인을 만나지 않으면 그 능력을 충분히 발휘할 수 없듯이 인간도 기회가 닿지 않으면 마음대로 일하지 못하는 그 슬픔은 인격 높은 사람이 이 세상에서 받아들여지지 않는 것에 대한 원망으로 말하자면 다를 데가 없는 것이다. 오냐오냐, 내가 우연히도 주베의 가슴속에 품은 값을 따질 수 없는 극히 귀중한 보석의 미광을 인정한 것이야말로 인연이로다. 이번 공사를 그에게 맡겨서 하다못해 작은 보답이라도 그의 성실한 마음에 얻게 해주고 싶다.

이러한 점들을 주의 깊게 읽는다면, 작품 『오층탑』은 좀 더 나은 미래를 살아가야만 할 우리에게 적지 않은 의미를 지닌 하나의 명작으로 다가올 수 있을 것이다.

작가 연보

1867년 현 도쿄도 막부 가신 집안에서 8남매 중 4남으로 7월 23일 출생.

1872년 6세부터 사숙(私塾)에 들어가 일본 글 이로하(いろは)를 배우기 시작함.

1873년 7세에는 『효경(孝敬)』을 배우기 시작하며 정통 한학 교양을 몸에 익힘. 사서오경 또한 이 시기에 배우기 시작.

1880년 경제적 사정으로 중학교 중퇴. 중퇴 후 유시마도서관(湯島圖書館)을 왕래.

1881년 도쿄 영학교(東京英學校)에 입학하나 1년 후 중퇴. 이즈음 들어간 한학 사숙 기쿠치(菊地) 학원은 중퇴하지 않고 계속 통학.

1883년 장학생으로 전신수기학교에 입학하여 졸업 후 19세에 홋카이도(北海道) 요이치(余市)에 전신 기사로 부임. 이후 한문학, 불경 등을 독학.

1887년 8월 기사직을 독단으로 내던지고 귀경. 힘든 여정 중에 지은 하이쿠 시구에서 따온 로한(露伴; "이슬과 함께"라는 뜻)을 필명으로 삼고 문학에 뜻을 둠. "고향이 멀어 이슬과 자야겠네, 풀베개 베고(里遠しいざ露と寝ん草枕)."

1889년 소설가 아와시마 간게쓰(淡島寒月)의 소개로 「이슬방울(露団団)」을 발표하며 문단 데뷔. 같은 해 『풍류불(風流佛)』을 발표 및 간행.

1890년 『일구검(一口劍)』 발표.

1891-92년 『고래잡이(いさなとり)』 발표.

1892년 26세에 덴노지(天王寺)를 모델로 하여 탑 건립을 둘러싼 목공의 이야기를 그린 대표작 『오층탑(五重塔)』을 발표. 문단의 격찬을 받으며 작가로서 지위를 확립.

1893-95년 『풍류미진장(風流微塵蔵)』 발표.

1899년 획기적 도시론인 『일국의 수도(一国の首都)』를 발표하고 뒤이어 1901년 『물의 도쿄(水の東京)』를 발표하며 작가로서 영역을 확장. 이 시기부터 동시대 작가 오자키 고요(尾崎紅葉)와 함께 고로시대(紅露時代)의 대표작가로 일컬어지며 황금기를 맞이함.

1903년 『하늘을 치는 파도(天うつ浪)』 연재를 개시하지만 약 1년 후 연재 중단. 이후 문학 침묵기에 들어가고 사상 연구 및 사전(史傳) 집필에 집중.

1907년 당나라 전기소설 『유선굴(遊仙窟)』이 『만요슈』에 끼친 영향을 논한 연구론 「유선굴(遊仙窟)」을 발표. 1911년 이 논문을 주요 업적으로 교토대학 문학박사 학위를 취득.

1908년 교토대 문과대학에 에도 후기 문학 담당 강사로 재직하나 이듬해 사임하고 귀경.

1916년 11월 『골동품(骨董)』 발표.

1919년 그간 잠시 문학 작품 발표에서 멀어져 연구에 집중했으나 명나라를 배경으로 한 역사 소설 『운명(運命)』을 발표, 대호평을 받으며 문단에 복귀함.

1920년 시조 선집인 『바쇼 칠부집(芭蕉七部集)』 주해 연구를 시작.

1925년 7월 『관화담(観画談)』 발표.

1928년 4월 『마법 수행자(魔法修行者)』, 10월 『갈대 소리(蘆声)』 발표.

1937년 제1회 문화훈장을 받고 제국 예술원 회원으로 위촉됨.

1938년 9월 『환담(幻談)』 발표.

1941년 4월 『연환기(連環記)』 발표.

1947년 『바쇼 칠부집』 주해를 27년 만에 완료. 7월 30일 협심증으로 타계. 향년 79세.